W I N G S • N O V E L

椅子職人ヴィクトール＆杏の怪奇録③

終末少女たち、または恋愛心中論

糸森 環
Tamaki ITOMORI

新書館ウィングス文庫

S H I N S H O K A N

終末少女たち、または恋愛心中論　椅子職人ヴィクトール＆杏の怪奇録③　目次

椅子職人ヴィクトール&杏の怪奇録

登場人物紹介

小椋健司
おぐら・けんじ

椅子工房「柘倉(つくら)」及び「TSUKURA」の工房長。霊感体質。

高田 杏
たかだ・あん

椅子工房「柘倉(つくら)」及び「TSUKURA」の両店舗でバイトをする高校生。霊感体質。

島野雪路
しまの・ゆきじ

椅子工房「柘倉(つくら)」及び「TSUKURA」の職人見習い。杏とは高校の同級生。霊感体質。

星川 仁
ほしかわ・じん

家具工房「MUKUDORI」のオーナー。ヴィクトールの友人で、よく厄介ごとを押し付けてくる。

望月峰雄
もちづき・みねお

木蔦社(きづたしゃ)「地上図鑑」の編集者。双子の兄。恋人だった双子の弟が失踪したため、以降は成り代わって生きている(高校卒業までは、彼が「晶」だった)。

望月 晶
もちづき・あきら

双子の弟。女装して、双子の兄と付き合っていた。遺書を残して家出したが、死ぬつもりはなかった。人知れず事故死。

室井武史
むろい・たけし
椅子工房「柘倉」及び「TSUKURA」の職人で、工房長の弟子。霊感体質。
ヴィクトール・類・エルウッド
ゔぃくとーる・るい・えるうっど
椅子工房「柘倉」及び「TSUKURA」のオーナー兼職人。霊を感じ取れるようになりつつある?

イラストレーション◆冬臣

終末少女たち、または恋愛心中論

1

八月中旬。時刻は夜の十九時。

高田杏は三日月館という名のホテルに泊まっていた。

一人ではない。バイト先の椅子工房「TSUKURA」のオーナー、ヴィクトールと一緒だ。

旅の目的は――死体探しである。

冗談のようにしか聞こえないだろうけれども、本当の話だ。

望月晶という青年の「死体」を捜索するために、杏たちは札幌経由の便で数百キロメートルの距離を越え、北海道の東部、白糠郡白糠町にやってきた。

ちなみに旅費はヴィクトールが負担してくれるという。

でも今回の捜索にかかる費用はさすがに特殊ケースすぎるので、きっと経費では落とせないに違いない。

よく考えずともわかる。「店に持ちこまれたシェーカーチェア、それに大正時代の鉄道のボックスチェアに望月晶の霊が取り憑いていました。死後も消えずにいた彼の魂が、双子の兄弟の望月峰雄を杏たちの店に導いたようです。その後、店ではポルターガイストが頻発するようになりました。杏も晶の幽霊に脅かされたり峰雄の手で椅子に縛られたりと、刺激的すぎる恐怖体験をしました。また、何十年も秘せられていた双子の秘密の恋も、ここでやっと解放されることになったのです。杏たちはどうやら錯綜する彼らの恋愛騒動に巻き込まれたらしいです。死体探しは、騒動の中心人物でもある望月晶に頼まれました」――なんていう非現実的な理由が認められるとはとても思えない。たとえ紛うことなき事実であろうとも。

異性と行く初の宿泊旅行が幽霊に依頼された遺体探しってどうなんだ、と少しだけ複雑な気持ちにはなるものの……ともかく、杏たちはこういった事情で緑豊かな白糠町を訪れることになり、そして町の片隅にひっそりと存在する崩れかけの鉄塔の付近で、確かに白骨死体を探し当てたのだった。

白糠町は飛び地になった釧路市に挟まれている、太平洋沿いの町だ。

杏たちが宿泊中の三日月館はというと、白糠郡の上部、内陸側に位置する足寄町にある。

実のところ、この三日月館を見つけるまでにもちょっとした騒動があったのだ。

話は前日の、釧路空港に到着した直後にさかのぼる。

「――まずはホテルでチェックインをすませるんですよね」

飛行機を降り、ターミナルで無事に荷物を受け取ったあと。

杏は到着ロビーのベンチに腰掛けながら、今後の予定をヴィクトールに確認した。

今は午後二時を少し回ったところだ。空港から仮にタクシーを利用すれば、三時前にはホテルに到着するだろう。

「荷物を置いて身軽になってから動いたほうがいいですもんね」

ホテルの多くは十五時前後がチェックイン可能の時刻になっているが、多少早く着いたとしても受け入れてくれる場合がある。もしもだめならフロントに荷物を預けて、死体探しの準備を先にすればいい。

「レンタカーはここの空港から借りられるんでしたっけ？」

質問を重ねると、ヴィクトールは杏の前に立ったままスマホを操作し、どこか上の空といった調子で短く「うん」と答えた。

杏は盗み見するように、さりげなくヴィクトールの様子をうかがう。

（ヴィクトールさんって、目立つなあ）

ロビーを通る女性がちらちらとヴィクトールを見ている。

長身だしスタイルもいいので、つい見惚れてしまうのだろう。ただ、彼は文句なしの美男子だが、精悍という言葉は当てはまらない。ノーブルで、いかにも異国の血が流れているとわかる容姿なのだ。

淡い金色の髪に胡桃色の瞳。鼻筋はすっとしていて唇は薄め。表情を動かさずに黙っていると、冷たく感じるような整った顔立ちである。人形めいているという表現のほうが的確かもしれない。血色があまりよろしくないこともその一因か。

年は、二十五だと聞いた。杏が十七なので、年の差は八。……なにがとは言わないけれども、この程度の年齢差なら問題なしじゃないだろうか？

普段の彼はシャツにジャケットなど、貴公子然としたその容貌に合う恰好を好むが、今回は死体捜索という目的のためにラフな服装を選んでいる。カーキ色のパンツにリブ素材の白いカットソー。左肩に黒いリュックを引っかけている。その他の荷物は小型のキャリーバッグだ。

杏も行動が制限されないよう足元はスニーカーにして、ふんわりしたシフォンのトップスに黒のショートパンツを合わせている。肩には貴重品や小物を入れた小さめのショルダーバッグ。着替えなどの嵩張る荷物は、ライトピンクのキャリーバッグにすべてぎゅっと詰め込んだ。

（私とヴィクトールさんって、人の目にはどう映るんだろう。結構謎の組み合わせのような。旅行に来た恋人同士……に見えたりはしないかなあ？）

動きやすさを重視しつつも、子どもっぽい印象にならないよう注意したつもりだ。肩までの長さの髪もアップにしたほうが大人びて見える……と信じて、後ろでゆるくまとめている。リップバームも、ほんのりと色のついたものを選んだ。

（――いや、なに考えてるんだ私。恋人同士とか、そんなの期待していたわけじゃなくて！）

杏は心の中で悶えた。

ヴィクトールと目が合うたびにどきっとしてしまう理由を——まさしく彼に恋をしているからだとは、まだどうしても認めたくない。

意地になっている自覚は多少ある。

そもそも杏はヴィクトールから異性だと認識されていない気がする。性別が女だとはちゃんとわかっているだろうが、彼の中では単に『バイトの女子高生』というだけの存在ではないか。完全に恋愛対象外だ。

とはいえ、名前はしっかりと覚えてもらえたので、今はそれで満足しておくべきか。

ヴィクトールは最初の頃、杏の名前をまともに覚えていなかったのだ。たぶん覚える気すらなかったに違いない。

なにしろ彼は、人類が嫌いだ。それを公言して憚らない。

自称・恋愛したくない派でもあるし。

おまけに空気は読めないわ、基本鬱々としているわ、椅子愛を拗らせすぎているわ——偏屈で見栄っ張りな変人としか言いようがない。どう考えても恋の相手としてはハードルが高すぎる。

（でも、意外と優しい面もある。こっちがへこんでいる時は不器用ながらも気遣ってくれる）

難だらけの性格なのに、妙なところで親切だったり頼りがいを見せてくれたりする。だからなんだか惹かれずにはいられない。

（いやいや、まだ恋愛的な意味で好きなわけじゃない。人としておもしろいなと思うだけで！）

心の中でしつこく言い訳を繰り返すうちに、知らず「ぐぬぬ」と眉間に皺が寄っていたらしい。

手元のスマホの画面から杏のほうへ視線を移したヴィクトールがびくっと肩をゆらし、怯えた顔を見せる。

「なに、君。どうしていきなり憎々しげに俺を睨む？」

「えっ、すみません。睨んでいたわけじゃないですよ」

杏は慌てて眉間から力を抜き、取り繕うように微笑んだ。

ところがヴィクトールはますます怯えて、一歩後退する。

人の笑みを見てそんな反応をするとは、失礼じゃないか。

「言っておくけれど、俺はなにも悪くないからな。俺のせいじゃない」

「わかってます。ヴィクトールさんに対してなにか怒っていたのではなくて、あれこれ考えていたら知らず難しい顔になっただけで――って……『俺のせいじゃない』……？　いったいなんのことですか？」

杏は小首を傾げた。微妙に会話が嚙み合っていない気がする。

ヴィクトールは謎の思考回路を持つ人なので会話が嚙み合わないことなどしょっちゅうある

のだけれども、今の言い方は、そういう場合とはちょっと違うような……。

不審に思ってヴィクトールをじっと見つめると、彼は口をへの字の形にして杏を威圧するような硬い表情を浮かべた。が、すぐにそわそわと視線を逸らす。

（これは、なにかあるな）

そう確信し、杏は「ヴィクトールさん」と温度のない声で呼びかけた。

途端、彼は目を見開き、息を詰める。……最近、杏が表情を消して静かに呼ぶと、ヴィクトールや工房の人たちがやけにびくびくとした挙動不審な態度を取るのだが、そんなに自分は怖い顔をしているのだろうか。

「……俺は、しっかりと三泊四日の日程でホテルの予約を取りました」

「なんで私に敬語なんですか……。はい、部屋、取れたんですよね？」

今は八月半ばで夏真っ盛り。どこも里帰りの人々や旅行客で賑わう時期だ。飛び込みで宿を取ろうとするのはさすがに無謀だろう。

ヴィクトールが萎れた様子で杏の隣に力なく腰掛ける。肩が触れ合うほどの近さに心臓が跳ねたのは秘密だ。

「間違いなくネットで予約した。……したはず。白糠町のホテルに空室がないか、実際に探してくれたのは島野雪路だが」

「雪路君が？」

「うん。予約の手続きは店のパソコンで行ったよ」

それなら間違いないだろうと杏は納得した。

ヴィクトールの言う島野雪路とは、椅子工房「TSUKURA」の職人の一人で、杏と同い年の男子高校生だ。イケメンの部類に入るはずなのに目つきの鋭さが災いして悪人面にしか見えない残念な少年だが、性格は真面目だし仕事もきっちりこなす。正直に言うなら、ヴィクトール本人が予約するより雪路が代理でやってくれたほうが断然安心感がある。

杏の考えに気づいたのか、ヴィクトールは少しむっとしたが、ひとまず話を先に進めることにしたらしい。

「今、タクシーに乗る前にもう一度ホテルの場所を確認しておこうと思ったんだ。なのになぜか、そこのHPにアクセスができない」

「……はい？」

ヴィクトールがスマホの画面をこちらに向ける。画面には、『https://www.＊＊＊/＊＊＊＊.co.jpのページを開けません』という必要最低限の文章が表示されている。

「……」

杏たちはしばらく無言で画面を見つめた。

（これってどういうことだろうか……。ＯＳが古くて表示不可って意味かな？　それともサイト自体消えている？　……とは思えないな。一時的に繋がらなくなっているだけかも）

楽観的に捉えようとするそばから、「違う」という否定的な考えが頭に浮かび上がってくる。よくある接続エラーではなくて、もっとこう——アレな感じの。

ロビーに、ポーンとチャイムが鳴り響き、次の到着便のアナウンスが流れる。そのフライト情報に耳を傾けつつ、杏は必死に解決の糸口を探した。

「ホテルの電話番号は控えてませんか？　あとは、予約完了メールとかって届きませんでしたか」

尋ねたあとで、予約はパソコンのほうで行ったのだったか、と思い出す。スマホでもチェックできないだろうか。

「電話番号は登録しているよ。さっきからその番号にかけている。が、繋がらない。君の言うように予約完了メールだって確かに届いていたんだ。パソコンと同期しているからスマホでも内容を確認できる。でも、全部消えてる」

「消えてる？」

「削除した覚えがないのに、そのメールがなくなっているんだ。復元しても見当たらない」

二人の間に重苦しい空気が流れる。

どうしたことか、ターミナルの到着ロビーには旅行者や子ども連れの帰省者、仕事目的と思しき男女など、年齢も恰好も様々な人が行き交っているのに、ざわめきが妙に遠い。というより、空調が原因とは思えぬほど肌寒い。

杏は無意識に自身の二の腕をさすった。が、ぞわぞわした感じはいっこうにおさまらない。

「さらに言うとさ。ホテル名も登録しておいたんだが、そちらに関しては文字化けしている」

「はい？」

抑揚のない声で説明するヴィクトールを、杏は凝視した。

彼はひたすらスマホの画面を見つめている。もともと色白な人だが、今はいつにもまして顔に血の気がない。

「そして自分でもおかしいと疑わずにはいられないが、宿泊予定のホテル名をまったく思い出せないときている。……なあ、なぜだと思う？」

そこでやっとヴィクトールはこちらを向いた。

なぜって――そんなの、とても嫌な予感しかないんですが。

怪奇現象、という不吉な言葉が杏の脳裏をよぎる。

（ま、まさかね⁉）

たとえるなら「幽霊の正体見たり枯れ尾花」だ。疑心暗鬼になりすぎて些細な出来事もすぐに霊障に結び付けてしまっているだけだと信じたい。……そりゃつい最近もポルターガイストに悩まされたけれども。そもそもこの死体探しの旅自体が幽霊に頼まれたものだけれども！

（これ以上新しいポルターガイストに悩まされたくない）

心底そう願う杏に、真顔のヴィクトールが「ねえ、なぜなのかって意見を聞いているんだが」

と無慈悲に返事を催促する。

ただでさえ死にたがりな人だ、へたな答えを返したらますます生きる気力をなくすかもしれない。

杏はなんとかごまかそうと、目から光を消したヴィクトールのほうに軽く身を乗り出し、明るい声を作った。

「そ、それは、ほら！　ヴィクトールさんってもともと人名とかの興味がないものに対しては、容赦なく自動デリートする機能が備わっている人じゃないですか！　ホテル名を覚えていないのも、きっとその機能のせいですよ！」

「君の失礼な発言はフォローのつもりなの？　俺はＡＩなのか？」

形容しがたい顔をするヴィクトールに愛想笑いを返して、杏は自分を指差した。

「電話番号は残っているんですよね？　でしたら私も試しにホテルの番号にかけてみますよ」

――あとから思えば、こんな余計な提案をする前にまず『なぜ番号のみ文字化けせずに残っていたのか』という点を杏はもっと怪しむべきだったのだ。しかしこの時は杏も、おそらくヴィクトールも予想外の事態に動揺していたため、そこまで気が回らなかったのだと思う。

ショルダーバッグからスマホを取り出そうとする杏をとめ、ヴィクトールは「それなら俺のを使っていいよ」と自分の物をこちらへ差し出す。

「スマホ操作はだいたいどの機種も似通っているから、わかるだろ」

杏は一瞬硬直したが、「はい、お借りします」と両手を差し出し、丁重な仕草でヴィクトールのスマホを受け取った。なぜスマホをそんなに恭しく受け取るんだ、とヴィクトールが不思議そうに杏を見つめる。

恋愛したくない派のヴィクトールには不可解でしかないんだろうけれども！　普通は、気になる相手が個人情報満載のスマホを警戒することなくぽんと渡してくれたら、嬉しいと思うに決まっている。「君を信用している」と言ったも同然じゃないか。

（私と同じシリーズのスマホだ。でも私のほうが一世代新しい）

指紋がつかないよう気をつけつつ画面をタップし、表示された番号にダイヤルする。

コール音に耳を澄ますと、やがてカチッと切り替わった。こちらを見守っているヴィクトールに杏は視線を向け、指でスマホの縁を軽く叩いて、「相手、出ましたよ！」と合図する。

ヴィクトールは安堵してわずかに目元の表情をやわらげると、少し身を屈めて杏のほうに顔を近づけた。

彼は一緒に通話内容を聞こうとしただけだが、傍目にはこてりと寄り添う恋人同士のように見えるのではないか。

杏は唇の内側を跡がつくほど噛みしめて、内心の焦りが表に出ないよう必死に堪えた。

（ヴィクトールさんって人類嫌いと言いつつも、認めた相手に対してはパーソナルスペースが狭い）

スマホも平然と使わせるし。それだけ気を許してくれているのだろうが、人によっては思わせぶりな態度に感じそうだ。

そういえば前にも似たようなことがあった。……ということはやっぱり、信用され始めていても未だ異性としては見られていないだけか。

嬉しいけれども、虚しい。それが現在の杏の偽らざる心情だ。

溜め息を飲み込んだ時、電話の向こうからがさごそと誰かが身じろぎするような音が聞こえてきた。

「もしもし――」

よそいきの声を杏が出すと、

『はぁい、もしもし』

電話の相手――ホテルの従業員と思しき女性も同じように答える。

ここで杏は、ちょっとだけ変な気分になった。相手の返事が、ずいぶん間延びした、というか、ゆるい口調に思えたのだ。

必ずしもそうとは言えないけれど、一般的に、客の電話を受け取った場合、まず先にホテル名などを告げて応対しないだろうか。

ひょっとしてこちらからの呼びかけが聞こえなかったとか。あるいは家族で経営しているようなアットホームな宿とか?

杏は気を取り直して口を開いた。

「本日からそちらに三泊の予定でお部屋の予約をした者なのですが……」

続けて名前や用件も告げようとし、杏は眉をひそめた。

電話の向こうにいるホテルスタッフと思しき女性が、稚い少女のようにくすくすと笑い始めたのだ。

「あの——？」

ふふ、あはは。

あははは。

相手の笑い声が次第に大きくなる。

こちらに身を寄せて耳をそばだてていたヴィクトールにもその女性スタッフの異様な笑い声が聞こえたのだろう、一度肩が跳ねた。青ざめた顔をして杏から身を引く。

『来て、来て。待ってるの。ここに来て』

「え——」

なにを言われたかすぐには理解できず、杏は混乱した。

熱烈に歓迎されている？　でもその言い方はさすがにありえないような。

『ねえねえ早く。ずっと見つめているんだから』

「ど、どういう意味——いえ、あの！　番号間違えたみたいです、すみません切ります」

杏は膨れ上がる恐怖を抑え付けると、「電話をかけ間違えた」ことにして強引に通話を終わらせようとした。だってこれはまずい。このまま相手の声を聞いていてはいけない気がする！

『だぁめ』

女性スタッフが耳にこびりつくような甘えた声で言う。

スマホを持つ手のひらが汗ばんできたが、そちらへ気を回すこともできず、杏は身を強張らせた。電話の相手へ感じていた戸惑いが、恐怖に彩られた確信へと変わる。ホテルのスタッフが客に対してこんな距離感のない話し方をするわけがないのだ。なら、この相手は。

『もう離さない。あなたを離さない』

電話越しにではなく、耳元で直接囁かれたような気持ちになり、背筋に悪寒が走る。

『離さない、離さない。離れるな』

「――」

笑いを含んだ相手の声がじわじわと低くなる。悪意を凝縮したかのような重々しい声に変わっていく。

『離れられると思うな』

杏はひゅっと息を呑んだ。と、同時に全身、ぶわっと鳥肌が立つ。

反射的にスマホの画面を指で叩く。ところが何度タップを繰り返しても通話終了にならない。

真っ暗になった画面からは、途切れることなく不気味な声が響いてくる。

離れるな、離すものか、今度こそこっちに引きずり込んでやる。ずっと見ている。離さない。

震える杏の手からスマホがずるっと滑り落ちた。

膝の上に、表向きでスマホが落下する。その間も『離さない』と執拗に声が訴えてくる。杏は動きをとめて、膝の上のスマホを言葉なく見つめた。

「おい……！」

先に我に返ったのはヴィクトールだ。硬い表情で、杏の腕を強く摑む。

杏は硬直状態から復活すると、乱暴な動きで自身のショルダーバッグに片手を突っ込んだ。

万が一のことを考えて、日々の暮らしに必要不可欠なアイテムを持ってきている。

つまり、小袋にわけた塩を。

霊感体質で頻繁に霊障に悩まされている杏の三種の神器は、塩、お守り、予備の塩だ。これらなくして心の平安は保たれない。

「——任せてください、なんとかします」

バッグから取り出した小袋の口を開け、杏はどばっとスマホに塩をぶちまけた。自分の膝にも塩がちらばったが、その程度の被害など気にしない。ヴィクトールの側とは逆の、杏の隣に座っていた旅行客らしき男性がこの奇行を目撃してぎょっとしたが、それもやはり気にかける余裕はなかった。

塩はさっそく効果を発揮してくれた。通話がぶつっと音を立てて途切れる。

「……」

杏はしばらく膝の上のスマホを見下ろすと、深く息を吐き出し、まいた塩をできる限り集めてティッシュにくるんだ。それからスマホもティッシュで拭いてきれいにしたあと、震える手でヴィクトールに差し出す。

ヴィクトールはあからさまに身を引き、いらない、と首を小さく横に振った。

「それ、俺のじゃない」

「なにを言っているんですか。ヴィクトールさんのスマホです」

「交換しようよ、君のと」

「しません。大丈夫ですよ、塩で撃退できました。……たぶん」

「俺は『たぶん』とか『おそらく』なんていう推量の副詞なんて信じない。最も油断ならない卑怯な日本語だ」

「……。しばらくの間預かって、私のバッグの中で塩漬けにしますね……」

杏はそっと、新たな小袋をバッグの中から取り出した。

持つべきものは、予備の塩だ。


——こんな調子で、序盤からポルターガイストが発生するという不吉な幸先の旅となったが、まさか引き返すわけにもいかない。とりあえずそのホテルの存在は頭の中から抹消し、杏たちは空きのある宿泊施設を探すことにした。

　しかし、調べた結果、残念ながら白糠町のホテルはどこも満室状態。釧路市も、ネットや情報誌で確認できる場所は全滅だった。

「ちょうど盆の帰省時期だものな……」

　ロビーの片隅に置いてある観光客向けのパンフレットにも目を通してから、ヴィクトールが溜め息まじりにこぼす。

「これなら適当に車を走らせて、旅行情報誌に掲載されていない宿を直接探したほうが早いかもしれない」

「そうですね」

　杏も戸惑いながら同意した。

　果たしてそれでうまく空きのある宿が見つかるだろうか、という不安は消えないものの、釧路市には頼れそうな知人もいないし、他の方法も思いつかない。

「暗くなる前に見つけないと厳しいな」

　ヴィクトールがターミナルのレンタカーカウンターへ行き、受付をすませてくる。その間、杏はロビーで荷物番だ。

　受付後は空港の近くの営業所まで、送迎バスで向かった。

　レンタルした車はミニバンタイプのものだ。軽自動車だと、長身のヴィクトールは狭くて肩走らせる。


が凝るという。

「移動を考えると、なるべく白糠町に近い場所に泊まりたい」

「あるといいんですけど」

嫌な予感を振り払うように希望を言い合いながら、白糠町周辺の地図とにらめっこして車を走らせる。

だが、ホテル探索の前段階で杏たちは躓いた。なにせここらは土地が広い。つまり道路も広い。進んでも進んでもめぼしい建物が見えてこない。ホテルのありそうなところを探すだけでも一苦労だ。おまけに運転手のヴィクトールは方向音痴である。

(ヴィクトールさん、どうして海方面へ行ってしまうの……)

違う、そっちじゃない。

始まる前から結果が見えているような試合に挑んでいる気分になり、杏は無言で地図を仕舞った。見ても見なくても道に迷うのだから意味がない。カーナビなんて無用の長物だ。

「あのな、君は俺のことを地図の読めない男だと思っているようだが、誤解だ。もっと目印になる建物があれば、俺だって不用意に道を間違うことはない。だがこうも周囲が緑、緑、緑だと、どこを走っているのかわからなくなって当然だろ。だいたいこの霧が悪い。なんでこうも霧が深いんだ?」

「すみません、私が運転できれば……」

「運転の仕方、教えてやろうか？」

「だめです、ヴィクトールさん。……ほら、ドライブと思えば、楽しい気持ちに！」

「ならない。天気もよくない上に、じめじめしていて暑い。最悪だ。窓のない快適な室温の部屋に引きこもりたい。……ねえ君、子どもの頃とかさ、海派か山派か、なんていうどうでもいい二択を迫られることがあっただろ。俺は断言するね、どちらもごめんだ。俺は屋内派だよ」

……あまりの見つからなさに、ヴィクトールも鬱々とし始めた。

そうして釧路市内のネットカフェで一晩明かすことも視野に入れ始めた頃、ようやく見つかったのが、この三日月館というわけだった。


三日月館は三階建ての、どことなく異人館を連想させる小型のホテルだ。

外壁は、宵の時刻になると周囲の景色に溶け込んでしまいそうな深い藍。長方形の窓枠は白。

正面入り口の上部に掲げられているロゴ看板には三日月形のシンボルがある。

けれども電飾の一部が壊れており、『ホテル三日月館』ではなく『三日月』になってしまっている。これではなんの施設なのかさっぱりわからない。

とはいえ周囲の緑の中に浮かぶ『三日月』の看板に目を奪われた結果、杏たちはここへ辿り着くことができたのだ。ある意味、この不思議さがきちんと宣伝の役割を果たしていると言えなくもなかった。

入り口のガラスドアを通り抜ければ、外観もレトロだったが内装もそれ以上にレトロなのが見て取れる。フロントや通路にはやや褪色した赤絨毯、フロント奥の階段にも同じような赤絨毯。木製の格天井から吊り下げられたペンダントライトは百合の形。内壁はヴィンテージ風のレンガ……というより、もとはベージュ系だったのだろうが煤けて濃い色に変わっているようだ。

階段がないほうの壁際には、蔦模様の木彫細工が見事なオルガンも置かれている。その横には特徴的な形の背もたれの椅子が数脚並べられていた。

ロビーソファーは猫脚が特徴的な木製の黒い革張りで、これにはヴィクトールが熱い視線を注いでいた。素人同然の杏でも「おお、恰好いい椅子だなあ」と感じる作りだったので、椅子への愛が振り切れているヴィクトールならもっとたまらない気持ちになってもおかしくない。

実際、初日にこのロビーへはじめて足を踏み込んだ時、ヴィクトールはフロントを無視して真っ先にこのソファーに近づき、なんと引っくり返して裏側を調べ始めたくらいだ。すぐにやめさせてフロントへ急かしたが、彼からは「そこに椅子があるのに触らせないなんて……、裏切り者」と詰るような目で睨まれてしまった。

フロントスタッフに不審者扱いされて、やっと見つけたホテルから追い出されないよう迅速(そく)に対処した自分はむしろ感謝されていいと思う。

——だが一度チェックを中断させたせいで、逆に好奇心に火をつけてしまったみたいだ。一夜明けて死体を発見した後も、ヴィクトールはロビーを通るたびにうっとりした目でこのレトロなソファーを眺めるようになった。

その彼は今、壁際のオルガンの手前で、誰かに連絡を入れている。

杏は彼の電話が終わるまで、ソファーに座って待つことにした。

現在は夜の七時を回ったところ。ちょうど夕食の時刻ということもあって、先ほどから泊まり客が頻繁にロビーを行き交っている。旅行者らしき外国人や、登山客もいた。中学生くらいの男の子の姿もある。フロント内は無人で、金色の呼び出しベルがぽつりと置かれているのが見える。

杏は時間潰(つぶ)しに、テーブルに置かれていた館内パンフレットを手に取った。

フロントを入り口の正面に据(す)えたこの一階には、天然温泉の浴場やレストランなどの食事スペース、宴会場が設(もう)けられている。売店や娯楽(ごらく)スペースも。客室は二階と三階だ。

杏たちが借りた部屋は三階にあって、もちろん部屋は別々。本当ならどちらの部屋も予約が入っていたのだが、急なキャンセルが出たという話だ。その直後に杏たちが飛び込みでホテルに押し掛け、運良く借りることができたのだとか。すごいタイミングだ。捨てる神あれば拾う神ありというやつか。

レストランは夜の九時まで。時間的にはまだ間に合うし、多少空腹も感じるが——杏たちは、死体探しを終えてこちらに戻ってきたばかりだ。さすがに食べ物が喉を通る気がしない。

(でも、私は自分の目で直接死体を見ていない)

意外にも、というのは失礼だけれども、崩れかけの鉄塔の下に到着し、「あぁこの地面の下に望月晶がいる」と確信できる場所を見つけた時、ヴィクトールは杏を遠ざけて一人で地面を掘り起こした。

杏に遺体を見せないよう配慮(はいりょ)してくれたのだとわかる。

(不意打ちで優しさを見せてくれるのが、ヴィクトールさんなんだよなあ……!)

偏屈で空気が読めないだけの意地悪な男ではないから、本当に困る。

杏はパンフレットをテーブルに戻すと、自分の膝に両方の肘(ひじ)を乗せて、頬杖をついた。

この霊感体質のおかげで杏は一時期、他人との接触に恐怖を感じていた。人に気味が悪いと拒絶されるのもつらかったし、現実を見ろと自分の目にしているものを否定されるのも悲しかった。

今の杏は、周りに恵まれていると思う。

新しい学校では友人もできた。バイト先の工房は——幽霊の溜まり場みたいな場所だけれども、ヴィクトールと知り合えたし、そこに勤める職人たちも親切にしてくれる。……皆も杏同様に霊感体質の持ち主だという嬉しくない共通点があるけれども。

（そうだ、無事にこっちへ到着したって、雪路君たちにメッセージを送っておこう）

杏は脇に置いていたショルダーバッグから自分のスマホを取り出して、雪路たちにメッセージを一括送信した。今はホテル内にいること、ヴィクトールも元気なこと、ホテルのロビーに目を引く椅子があったこと。そして、死体を見つけたこと。

彼らからすぐに返信がくる。「ヴィクトールをよろしくな」「怪我には気をつけてください」「深入りするな」「いいなあ、羨ましい」など、色々。

ほっこりした気分になってスマホから顔を上げた時、宿泊客が行き交うロビーの向こうに、掃除機とワゴンを押す清掃員の姿が見えた。いや、客室係か。ホテルの制服らしきボルドーの襟付きワンピースに清楚な白いエプロンを重ねている。館内のクラシックな雰囲気とよく合っていた。

（かわいい制服だなあ）

そう感心してじっと見すぎたせいか、その客室係が視線の持ち主を探すようにきょろきょろし、最後に杏のほうを向いた。眉の形が優しげな、三十代と思われる小柄な女性だ。

杏と目が合うと、女性は穏やかに微笑み、丁寧に頭を下げる。杏も慌てて頭を下げ返した。

ワゴンを押して非常階段のほうへ去っていくその客室係を見送っていると、オルガンのそばで電話をかけていたヴィクトールがこちらへ戻ってきた。杏の横に腰をおろしてから、通話を終えたスマホをこちらへ渡す。

杏は無言で彼のスマホを受け取り、ハンカチでしっかり包んで塩入りの小袋に仕舞った。

……ヴィクトールの気がすむまで、杏がスマホを預かって塩漬けにする流れになっている。

(ヴィクトールさんは、死体にはちっとも怯えないのに、幽霊は怖がる)

杏は、どっちも同じくらい怖い。

いや、ヴィクトールなら、死体や幽霊以上に恐ろしいのは生きた人間だ、とか言いそうだ。

そんな確信を抱いた時、ヴィクトールが悩ましげな表情をして口を開いた。

「アンティーク……とまではいかないいな。それでも数十年は経っていそうな……いや、これはヴィンテージ作品で揃えたというよりは、実際に使い込んで年数が経ったものだろう。マホガニーかな。いいね、素晴らしい。椅子は使ってこそだよ」

彼の、熱を帯びた視線は対面に置かれているソファーへ向かっている。杏たちが今腰かけているのと同じ造りのものだ。

この人の頭の中は本当に椅子一色なんだなあ、と杏は、どんな時でもブレないヴィクトールの椅子愛の凄さにしみじみした。

「ところで杏、知ってる?」

「な、なんですか」

つい動揺したのは、フルネームではなく名前だけで呼ばれたせいだ。

今回の旅行が決まる少し前から親しい友人のように「杏」と呼ばれているのだが、未だ慣れず、鼓動が跳ね上がる。

「今でいう『ソファー』……これはアラビア語の『suffah』……サファーが由来とされているのだけれども――ゆったりとした座り心地のいいものが作られるようになったのは、一七〇〇年代のことなんだよ。それまではベンチのような簡易的な形のものしかなかった」

「へえ」

杏は優しく相槌(あいづち)を打ちつつ考えた。

たぶん、溜まりに溜まった精神的疲労を解消するため、椅子談義を始めたんだろうな。

「それがやがて座面をふっくらとさせた長椅子へと変わっていったわけだ。ちなみにジョージアン様式――ジョージ王朝時代にはね、普通の椅子を二つ横にくっつけたような形の長椅子がよく作られていたんだ。おもしろいだろ」

「ジョージアン様式というと……」

思わぬところで！　歴史の知識が試される！

(もうっ、油断も隙もあったものじゃない！)

くっと唇を噛みしめて苦悶(くもん)する杏を見て、ヴィクトールが嬉しげに目尻を下げる。先ほどまでは人類を呪(のろ)うような暗い顔をしていたが、椅子セラピーの効果は絶大だ。

「イギリスの、ハノーヴァー朝と呼ばれる時代。一七〇〇年代に始まる」

「……えっ。ジョージ王朝……？　ハノーヴァー朝……？」

どう違うんだ。

混乱しかけた杏に、ヴィクトールはますます楽しそうな顔をする。

「簡単に言うと、ジョージ一世はドイツのハノーヴァーの出身。ハノーファーって言い方もあるけど。……つまり国王がハノーヴァー家の人間だったから、王朝もそう呼ばれる。じゃあなぜジョージ王朝とも呼ばれるかというと、四人連続でジョージの名を持つ者が王位についたためだ」

「ジョージさん、やりますね」

「友人みたいに気軽に言うな」

ヴィクトールは口元に指を当てて、笑いを押し殺した。

「これは、誰かさんと同じ名前を持つ女王の次に生まれた時代なんだよ」

「あっ。わかりました！　クイーン・私時代ですね」

「なにそのクイーン・私って。……そうだよ、十八世紀のクイーン・アンだ」

胸を張る杏に、ヴィクトールがとうとう笑いをこぼす。

人間というのはちょっと新しいことを覚えると、すぐにそれを誰かに誇りたくなるものだ。

杏はオルガンのそばに置かれている木製椅子を、張り切って指し示した。最初に見た時から気になっていた椅子だ。

「オルガンの横の椅子も、もしかするとクイーン・私時代に考案されたデザインのものじゃないですか？　ずいぶん古そうなので、本当のアンティークものでしょうか！」

杏は意気揚々と言った。

「あの形って、バルーンチェアですよね！　背もたれが風船みたいな曲線を描いている椅子」

前にヴィクトールから聞いた覚えがあるし、店にもこのタイプの椅子が展示されている。

きちんと学んでいるぞ、とアピールしたかったわけだが、ヴィクトールは片方の眉を上げると、横に座る杏と向き合うかのように、わずかに身体の位置をずらした。足を組み、深く座り直して肘掛けに頬杖をつく。

その余裕たっぷりな態度につかの間見惚れた自分に気づき、杏は眉間に皺を寄せた。

こういういかにも優雅なポーズが腹立たしいほど様になる人だ。着用しているのがカジュアルなTシャツではなくジャケットだったらもっと絵になっただろう。

「バルーンチェアは、君時代じゃなくて、ヴィクトリア時代のものだよ」

……しまった。

杏は頬を引きつらせた。

話の流れで、クイーン・アン時代の椅子だと当然のように思い込んでいたのだ。

「ヴィクトリア時代とクイーン・私時代って、どう違うんでしたっけ……」

自分の敗北を認めるのは悔しいが、頭の中に正確な年表を描けない。

どっちが先に存在した時代だろう？

「君の、わからないことは素直に尋ねて知識を吸収しようとするところ、嫌いじゃないよ」

　嫌みか！　と杏はさらにぐっと眉間の皺を深くしたが、やわらかく微笑んでいるヴィクトールを見て勘違いだとわかり、戸惑う。言葉の通り、好意的に受け止められたらしいが、無知であると暗に言われた気もするので、果たして喜んでいいのか。

「クイーン・君の時代は、だいたい一七〇〇年から十数年。まあ、君の統治年数に関してはちょっと込み入った事情があるのだけれども。そうそう、ジョージ一世の統治は一七一四年からだ。クイーン・君とは又従妹（またいとこ）の関係だね」

「私時代、短いですね……！」

　かなりショックだ。

「確かに在位は短いな」

「無能か、私！」

「いや、そんなことはない。文化的な面から見ても、素晴らしい時代だったんだよ。ただ本当に複雑な背景があったし、君本人も強烈な生き方をしていた」

「そうなんですか……」

　と、しんみりうなずき合ったあとで、当たり前のように「女王＝（イコール）杏」として話していることに気づく。ヴィクトールは案外、柔軟（じゅうなん）な思考の持ち主だ。

「ヴィクトリア女王の在位は一八〇〇年代だ。君の統治のほうが先だね」

「さすが私」

なにがさすがなのか自分でもわからないが、杏はノリで自慢した。

「ちなみに君時代の様式はロココになる。多少はバロックも継いでいるかな。ジョージアン様式がロココ中心で、さらには中国風が人気を博した。ちなみにロココは、ロカイユという言葉が由来だ。そしてロカイユとは、庭園に作られた洞窟……グロットに施された貝殻の装飾からきている」

「……」

あぁ、きた！　ロココにバロックめ。

前にヴィクトールからそれらの様式について軽くレクチャーされている。そう、学んだそばからきれいに忘れていく、まるで消去の魔法でもかかっているかのように厄介な知識のひとつ。そのくせ椅子を含む家具の文化とは切っても切り離せないのだ。

「杏、今の君、すごい顔をしている自覚はあるか？　憎悪を蜂蜜で煮詰めたような顔だぞ」

「どんな顔ですかそれ……いえ、ちゃんと覚えていますよ。ロマネスクからゴシック、ルネサンス、バロック、ロココっていう流れなんですよね」

おお、とヴィクトールが目を丸くし、指先で拍手した。

現役高校生の理解力を侮らないでほしい。

「あれ？　私時代がロココなら、そのあとにやってくるヴィクトリア時代は何様式……？」

「ヴィクトリアはある意味、集大成。過去の様式の坩堝だ」

「へえ……」

ヴィクトールの返答がやけに素っ気ない。

彼的にはさほど心躍る時代ではないらしい。さくっと流され、ロココの話に舞い戻る。

「ロココ時代に流行した中国趣味をシノワズリという。まあ、日本の漆塗りなんかも一緒くたにそう呼ばれていたけれど……。このシノワズリを普及させたのがトーマス・チッペンデールという家具デザイナーだ。ロココ時代の家具文化に貢献した人物で、彼のデザインはチッペンデール様式とも呼ばれるよ。ジョージ王朝にはこういう有名なデザイナーが何人も輩出されている」

シノワズリとか、新しい言葉が続々と出てきましたが。

(ジョージアン様式という大きなカテゴリーの中に、チッペンデール様式が含まれる、ってことかな?)

覚えられるだろうか、私……。

杏はだんだんと不安になってきた。

「クイーン・君の時代は、使用木材の移り変わりにも注目だ。それまでのウォルナットに代わって、マホガニーが好まれ始める。だからその後のジョージ王朝でもマホガニー旋風が吹き荒れる。今言ったチッペンデール様式で、この木材がよく使用されているね」

「ははあ」

「当時のイギリスはパリなんかに比べて、家具や建築文化の面でも遅れを取っていたんだがね、君の時代を経て、ジョージ王朝で一気に成熟したものへ変わり――」

「ほほう」

「……前に教えたよね。君の統治よりもっと前の時代、つまり一六〇〇年代のジャコビアン時代からはオーク材の他、ウォルナット材の家具も増えるって」

そうだったっけ……？

杏は笑ってごまかした。

「なぜジョージ王朝で家具、建築文化の技術や装飾面が発展したのかというと、マホガニーの扱いやすさが理由のひとつに挙げられる。まあ、木材の輸入関税の引き下げが一番の理由だろうが」

尖(とが)った視線を寄越すヴィクトールに再び愛想よく笑いかけて、杏は考え込む。

年代順にすると最初がオーク、次にウォルナット、そしてマホガニーとなるわけか。

オークは樫(かし)、ウォルナットは胡桃、マホガニーは……なんだっただろう。

「あの、……マホガニーってどういう木ですか？」

杏はおそるおそる尋ねた。

様式云々の前に、初歩的なことからわかっていない。

「日本語では『桃花心木』と書く。センダン科の常緑樹だ」

センダン科……。どういう種類だろう。

「赤みを帯びた美しい木肌だよ。経年変化によってさらに色が濃くなる。柾目……樹心に沿って断ち切られた木目に、リボン杢という模様が現れるんだ。はっきりとした優美な縞模様っていうかね。木目とは本当に美しいものだよ。時には襞のようでもあり、また時には虎の毛皮のようにも見える。ひとつとして同じ模様はない」

ヴィクトールは、ソファーの肘掛け部分を指先で軽く叩いた。このソファーは座面や背もたれ、肘掛けの上部が革張りになっている。

そういえば先ほど彼は、これもマホガニーだとつぶやいていたか。

「マホガニー、ウォルナット、それからチークは世界三大銘木と呼ばれているよ」

「あぁ、私もマホガニーは高級木材だって聞いたことがあります」

「東南アジア産のものもあるけれど、最高級のマホガニーとはキューバなどの南米産のものを言う。ただし南米産の木材は現在、入手困難だ」

「どうしてですか?」

「ワシントン条約に引っかかるんだよ。諸外国で求められて伐採し尽くされたという事情もあるし、さらにそこに、植民地問題なんかも絡んでくる」

「なるほど」

と、同意したが杏は内心、戦々恐々としていた。

ロココやバロックの様式についてやっと覚えたと思ったら、今度はワシントン条約とか中南米の植民地問題とか。なんなの、って言いたい。これ以上一気に歴史的知識を頭の中に詰め込むのは無理だ。

それにしても、女子高生の知力を次々と試されるこの状況はきついが、椅子という家具ひとつの中にこんなにも多くの情報が隠されている。使用木材だけでも歴史の一部が見えたりする。その点に関しては素直におもしろいと杏は感心する。

「ところでバルーンチェアに話は戻るけれども」

「ヴィクトリア！」

杏は拳を握り、ちゃんと覚えましたよ、と言外に主張した。

ヴィクトールが、うん、と大真面目にうなずく。

「そう、君の天敵ヴィクトリア」

いつのまにか天敵になってる。

「これはね、昔の日本では『だるま椅子』と呼ばれていたんだよ」

「だるま椅子？」

背もたれの形が曲線を描いているからだろうか？

杏的には、だるまやバルーンというより額縁だ。背もたれ部分が、言ってみればフラフープのように輪状になっている。このロビーに置かれている椅子の背もたれは、少し潰れた林檎の輪郭みたいに見えるけれども。

杏は一度、壁際のバルーンチェアに顔を向けたのち、ヴィクトールと視線を合わせた。

彼の目は胡桃色。つまりはウォルナットの色だ。

（本当にガラス玉みたい）

思わず覗き込みたくなる透き通った瞳だと密かに杏は思う。

見惚れている杏には気づかないのか、ヴィクトールはわくわくとだるま椅子の知識を披露する。

「かつて鹿鳴館では、ヴィクトリア様式のものが多く使用されていた。欧米文化が次々に輸入されたわけだ。これを鹿鳴館スタイルといって……ほら、女子が好みそうな腰元が膨らんだドレープたっぷりの派手派手しいドレスとか。このだるま椅子も鹿鳴館スタイルのひとつ」

「鹿鳴館……」

授業で学んだ記憶があるような。

「有名だろう。明治時代、一八〇〇年代の後半に華族や要人らの社交の場として作られた建物だ。外務卿井上馨の欧化政策の賜物だよね。この井上馨は簡単に言うと、諸外国と渡り合うために日本の近代化を目標としてがんばった人だね」

「待って。ストップですヴィクトールさん」

杏は渋面を作って片手を挙げ、それから額を押さえた。

「どうした、クイーン」

楽しげに問うヴィクトールに、杏は俯いたまま声を振り絞った。

「ヴィクトリアやロココだけでも覚えるのが大変だったのに、明治時代の日本までも私を攻めてくるんですか。非情すぎます。これだから私の統治時代は短く終わってしまったんですよ……！」

ははは、とヴィクトールが声を上げて笑った。

（なんて楽しそうなんだ、私は四方八方から投下される知識の侵略にこんなに怯えているというのに……！）

まさかバルーンチェアにここまで苦しめられるとは。ヴィクトリアの逆襲なのか。

「俺、君と話をするの、楽しいよ」

「そんな甘い発言で持ち上げようとしたって、私の統治時代は延長されませんん」

ヴィクトールは、なにがそこまでおもしろいのか、ひたすら笑い続けている。からかわれるこちらの身にもなってほしい。

「……ってヴィクトールさん！　なんで椅子談義が始まっているんですか」

違う違う。今この場で話し合うべき問題は、ヴィクトリアでもクイーン・アンでも鹿鳴館でもない。杏たちが発見した望月晶の白骨死体についてだ。

ヴィクトールは発見直後、警察には連絡せずに土をかぶせて死体を元に戻し、物言いたげな杏を黙らせて三日月館へ戻ってきたのだ。

「あの……さっき発見したものについて、警察に連絡していたんですか？」

杏は囁くように尋ねた。

ロビーには他にも人がいるので、大きな声で死体の話はできない。

ヴィクトールは笑いを消すと、つまらなそうに再び頬杖をついた。

急に表情を変化させた彼を見て、ふと思い至る。ひょっとして死体発見後、ずっと杏が怖がっていたからあえて椅子談義の流れに持ち込み、気持ちを解きほぐそうとしてくれたとか？

「――いや、していない」

というヴィクトールの短い否定に、杏は我に返る。

「じゃあ、誰に電話をされていたんですか？」

杏の質問に、ヴィクトールは顔をしかめた。憂（うれ）いと嫌悪と、若干（じゃっかん）の面倒臭（くさ）さも滲（にじ）み出（で）た表情だ。視線でしつこく答えを催促すると、ヴィクトールは渋々のていで口を開いた。

「……死体の兄弟」

目を瞬（しばた）かせてからその人物を頭に思い描き、杏はぎこちなくうなずいた。

「晶さんの双子の兄弟の、望月峰雄さんですか」

望月峰雄とは因縁がある。つい最近、杏は彼の手で椅子に縛り付けられたのだ。危害を加えるつもりはなかったと弁明されてはいたが、それが本心かどうかはわからない。

ガムテープを巻き付けられた時に味わったあの恐怖が鮮烈に蘇り、寒気という形に変わって杏の身を襲った。

(あ、嫌だな。なるべく思い出さないようにしていたのに……)

ぶるりと肩を震わせると、ヴィクトールが組んでいた足を床に下ろしてこちらに身を寄せ、心配そうな顔で杏を見つめる。

杏は平気だという表情を作って微笑んだ。ヴィクトールを困らせたいわけじゃない。

「……あいつは前に、君への行いを償うために出頭すると言っていただろ?」

「はい」

「その話にあとから待ったをかけたのは俺だ」

ヴィクトールはためらう素振りを見せてから説明する。

いつもより優しい声を聞いて、杏は後ろめたい気分になった。もう自分は大丈夫だ。ちょっと恐怖心が残っているだけだ。

「非科学的な現象なんて信じたくはないけれど……死体は高確率で見つかるだろうと思った。現にこうして見つけたしな」

まあ、そこに至るまでが大変だったが。死体探しの前にホテル探しに奔走するはめになったし。

「だがさすがに『幽霊となった望月晶の依頼で死体を捜索しに来た。その結果、本当に発見した』と正直に通報できるわけがない。する気にもなれない」

「……確かに」

杏は力強く同意した。幽霊の導きで、と口にした途端、正気を疑われるのは間違いない。

「単なる発見者ではなくて、下手をすれば俺たちが隠して埋めたのではないかと嫌疑をかけられる恐れもある。冗談じゃない」

そこまで深く考えていなかったので、杏は驚いた。

しかし言われてみれば、外国人にしか見えない大人の男と未成年の女子高生が旅行先で死体を発見した、なんて誰の目にも怪しく映るだろう。しかも死体となった望月晶の兄弟と面識まである。偶然という言葉で片付けるにはいささか難しい状況だ。

――それに、実のところ何十年も前に彼らは入れ替わっている。

本当は、生きているのが「晶」で、死んだのが「峰雄」なのだ。「峰雄」のほうが両親から寄せられる期待が大きかったため、「晶」は失望を恐れて入れ替わりを決意した。それ以来、「晶」はずっと「峰雄」と名乗って生きている。

「俺たちは、なにも見ていない」

ヴィクトールは冷たく言った。

かすかに覚えた感傷を振り払って、杏は彼の言葉に耳を傾けた。

「死体を発見したのは、白糖町に里帰りした望月峰雄だ。俺たちとは仕事の関係でこのホテルで会っただけ、ということにした」

「って、さっきの電話で望月さんに交渉していたんですね」

それですませてしまってもいいのだろうか。

杏は激しく悩んだが、ヴィクトールが今しがた説明したように「どうやって死体を見つけ出したのか」という経緯をそのまま警察に打ち明けるわけにもいかない。それなら家族の望月峰雄が長い年月を費やした末、執念で兄弟の遺体を発見するに至った、と話すほうがまだ信憑性があるし、理解も示してもらえるだろう。

さらに言えば、杏に限っては「友人と旅行に行く」と親に嘘をついて白糖町に来ているのだ。警察沙汰になれば当然のこと、親にまで話が伝わってしまう。色々と罪悪感は増すものの、それればかりは避けたい事態でもあった。

「望月さんは、ヴィクトールさんの提案に、なんて答えたんですか」

「すぐに了承したよ。……驚いてはいたが」

「そうですね——そうでしょうね……」

杏は納得し、物思いに沈む。

彼ら双子は若かりし頃、禁断の恋をしていたという。血の繋がった兄弟で、なおかつ同性。当時の人々の観点や常識を思えば、誰にも祝福されない恋であろうことは想像に難くない。L

GBTの人々への理解が広がった今の時代であっても、きっと厳しい。

けれども杏は知っている。望月晶は死してもなお、自分たちの恋を後悔していなかった。

「ただ、この時期、ホテルもだけれど交通手段も限られるだろ。道路はどこも渋滞している。もちろん飛行機なら数時間で着くが、さすがに空席がない。車を利用するか、もしも特急に空きが見つかればそれで来る、と望月峰雄は言っていた」

「じゃあ、こちらへ到着されるのは明日以降でしょうか」

「ああ。君は会わなくていいよ」

ずいぶん素っ気なく言われたが、これもヴィクトールの気遣いだろう。

あんな恐ろしいことをされた以上、杏自身、望月峰雄とはなるべく顔を合わせたくないと思っている。彼ら二人の恋に対する感傷とはまた別の問題だ。

「――さて。レストランはまだ開いているだろ。食欲はなくても、少し食べておいたほうがいいよ」

ヴィクトールは口調を変えて、ソファーから腰を上げた。

答えずに躊躇(ちゅうちょ)する杏を見下ろし、手を取る。

「さあクイーン。晩餐会(ばんさんかい)だ」

「はい」

杏は微笑み、ヴィクトールの手を握り返した。

2

椅子話に終始した夕食後。

日中の運転と死体探しでさすがに疲労を覚えたのだろう。ヴィクトールは就寝を宣言すると、早々と部屋に消えた。

杏もいくらか疲れを感じていたが、死体発見の興奮がまだ去らないのか、眠気がいっこうにやってこない。気分転換でもすればそのうち落ち着くかと考え、スマホと部屋の鍵のみを持って浴場へ向かう。部屋にもユニットバスがあったが、どうせなら手足を伸ばしてゆっくりできる温泉に浸かりたかった。

汗と一緒に恐怖やその他の重い感情も洗い流し、いくぶんさっぱりしたのち、館内探索だ。温泉で火照った身体を鎮めるのにちょうどいい。

一階に各施設が集中し、二、三階には客室と、ちょっとしたラウンジしか設けられていない。空いた空間にソファーとテーブルが数セット置かれている程度。

その小さなラウンジスペースは、エレベーターの手前に設けられている。ラウンジから伸びている通路の突き当たりには非常階段があるようだ。

エレベーターで一階から二階に上がった直後、館内着のポケットに入れていたスマホが着信を知らせる。

それを取り出して画面を確認すると、バイト先の「TSUKURA」の電話番号が表示されていた。

「もしもし？」

スマホを耳に当てて、二階ラウンジのソファーに杏は腰を下ろす。通路は静まり返っているので、自然と小声になる。

『もしもし、俺だ』

太い声が聞こえ、杏は頬をゆるめた。

「工房長ですか？」

『おう』

照れたような返事。

電話をかけてきたのは、「TSUKURA」の工房長、小椋健司だ。

杏は彼の姿を脳裏に描いた。白髪のまじったごま塩頭に無精髭、体つきは逞しく、筋骨隆々。顎も四角く、悪人面で全体的にいかついため、一見するところプロレスラーか熊のよう。

でも女性作家の本を好んでいたりと、その容姿に反して繊細で感受性が豊かなところがある。

『ヴィクトールのやつにかけても、出ねえからよお』

小椋が不満そうに言う。

すみません、オーナーのスマホはただいま私のバッグの中で塩漬けになっています、と杏は心の中で謝罪するのみにとどめた。むやみに小椋を怖がらせる必要はない。

「TSUKURA」の職人は皆、霊感持ちだが、唯一違ったはずのヴィクトールまでもが最近はよくポルターガイスト現象を目にしている。……本当はヴィクトールにも霊感が備わっているのでは、と杏は疑っているのだが。

『大丈夫か、杏ちゃん。ヴィクトールのマイペースさに困ってないか?』

「はい、むしろヴィクトールさんに頼りっ放しです」

『いや、いいんだぞ、俺に気ぃ遣わなくても。あいつの相手は大変だろ』

本気で心配されてしまった。

ヴィクトールに対する小椋の評価がひどい。

しかも男女関係方面での心配じゃないのが虚しい。

「工房のほうは変わりありませんか?」

さり気なく話題を変えると、『……できれば早く戻ってきてくれるとな、嬉しいな』と切実な答えが返ってきた。

(ああ……、霊障に対するお守り的な意味と、店番的な意味で)

杏は納得した。

職人たちは皆コワモテの自覚があるため、誰も店番をやりたがらない。

『そんでよ、電話で言うのもあれだが——あの本、ありがとうよ』

少しの逡巡ののちに言われた礼に、杏はスマホを握る手に力をこめた。

今回の旅に出る前、杏は、とある文庫本をプレゼントと称して小椋に押し付けてきた。——彼の、おそらく亡くなっているだろう元妻がずっと持っていた女性作家の本だ。

『俺の好きな作家なんだ。いい勘してんなあ、杏ちゃん』

「いえ……、はい」

言葉少なに杏は答える。

いつか、どうやってその本を杏が手に入れたのかをきちんと伝えたい。

今はまだためらってしまう。小椋のプライベートな部分に触れるからだ。場合によっては彼を深く傷つけることになるだろう。それが怖い。

電話の向こうでごそごそと物音がした。『ちょっと俺にも代わってください』というそわついた声が聞こえたので、杏は耳を澄ませた。

『杏ちゃん、室井です』と、小椋と交替した男に、丁寧に名乗られる。

彼も工房の職人で、室井武史という。ヤクザのような雰囲気を持っていて、やはり悪人面なのだが、本当はとてもロマンチストで優しい男だ。

『無事にホテルに着いたそうですね。なにか困ったことは起きてませんか？』

　室井からも色々と心配され、杏は小さく笑った。

（皆、いい人だ）

　ちょっとくすぐったい気持ちになり、「大丈夫です、問題なしですよ」と張り切って答えたら、なぜかさらに心配されてしまった。

『女の子なんだからじゅうぶんに気をつけないと。ホテル内でも危険はありますよ。泊まり客が多いと、その混み具合を利用して窃盗(せっとう)を働く者も出てきます。古いホテルだと、強引に部屋の扉をこじ開けて侵入するというケースもありますしね……。オーナーはかなり癖(くせ)が強い人ですが、いざという時には頼れる――はずだと信じてもいい気がしますので、なにかあったら彼に相談してくださいね』

　微妙に迷いが滲(にじ)む室井の言い方に杏は噴き出しそうになったが、素直に「はい」と答えた。ヴィクトールに対する評価が皆、本当にひどい。

　その後は軽く雑談を交わし、通話を終わらせる。

　あたたかい気持ちになりながら立ち上がりかけたところで、再びの着信音。先ほど挨拶(あいさつ)できなかった雪路(ゆきじ)だろうかと考え、ろくに画面も確かめず、杏は座り直して電話に出た。

「はい、もしもし」

『――ねえ、いつ帰ってくるの？』

見知らぬ男の子の声がスマホから聞こえ、杏はきょとんとした。

『早く帰ってきてよ。……一人は嫌だ。怖い』

「え、ええと……?」

まさか私のスマホにもついに幽霊が、と杏は青ざめたが、電話の向こうの少年が今にも泣き出しそうな声を聞かせる。

『しゃべらずに静かにしていたら、帰ってきてくれる?』

少年の深刻そうな話に、杏は通話を切りかけていた手をとめた。

幽霊ではなく、単なる間違い電話のような気がする。

しかも内容がかなり重い。

(ここで私がなにも答えずに電話を切った場合、この子は相手から拒絶されたと勘違いするんじゃないだろうか)

責任重大な感じがしてきた。

「あの……もしかして君、電話番号を間違えてないかな。お母さんにかけようと思っていた?」

杏は緊張を隠し、優しい声を出すことを心がけた。

『——おまえ、誰』

知らない相手だと気づいた少年が、警戒の声を出す。しかし、おまえ、って。

「たぶん、間違って私のところにかけちゃったんだよね? ——えー、その……、事情はよくわかりませんが、君の……お母さん？　が、早く帰ってくるといいね。うん、帰ってくるよ、きっと！」

　たぶん、とか、きっと、などと曖昧な言い方をしたせいか、少しの沈黙ののち、『……適当なことを言うなよ。いい加減な女だな』と少年は嫌そうにつぶやいた。杏はぐさっときた。辛辣な子だ。

『帰ってこなかったらどうするんだよ、馬鹿……』

　馬鹿って。

　杏は顔を引きつらせた。でも泣き声っぽいし、心細さもひしひしと伝わってくるので、怒るに怒れない。

『一人で眠ったら、お化け出るだろ……』

　少年が急にかわいらしい理由を口にする。

（ううん、どういう状況だ。一人で眠ろうとしたけれどお化けが怖くて起きてしまい、電話をかけたとか？　お母さんは夜勤で不在？　……そもそもかけたかった相手は母親で合っているのかな）

　あれこれ考えながらも杏は口を開く。

「大丈夫、お化け出ないよ」

『出る』

「出ない。ぎゅっと目を瞑っていたら、そのうち眠れるよ」

『眠れない』

頑固な子だ!

「お化けはね、いない、見えない! って思っていたら、絶対に見えないから安心して」

――とも限らないが、この話の流れで、幽霊は存在しますだなんて言えるわけがない。

「もう少しがんばって、それでも、どうしても眠れなかったら……その時もう一回、お母さんに電話してみたらどうかな」

他にどう言えばいいかわからず、杏は困った。

『……わかった。少しがんばる』

「そ、そう? えらいね! ……って、あれっ。もしもし?」

杏は呆気に取られた。もう電話を切られている。

(なんだったんだ、今の間違い電話は……)

ずいぶん尊大な子だったが――。

「……本当に幽霊じゃないよね? 違うよね⁉」

薄目状態でおそるおそる着信履歴を確認し、杏はその行動を死ぬほど後悔した。

おかしい、履歴がない。

(――今の電話はなかったことにする!)

あとでスマホに塩を振りかけねば。そう誓い、杏は慌ただしく立ち上がった。

鳥肌の立った腕をさすりながら通路をずんずんと進む。館内探索を再開して気を紛らわせるつもりだ。

(満室なはずだけれど、静かだな。浴場も私一人だったし)

食事の時間と重なっていたため、浴場を利用する客がいなかったのだろう。

フロントが置かれている一階同様に、二階通路の床にも赤い絨毯が敷かれている。よく見るとかなり色褪せているが、天井にぶら下がる暖色のライトの効果か、その古さも味のひとつとなっている。

通路に並ぶ客室の扉はどれも六枚の鏡板があるデザインで、板チョコを連想させる。カラーも濃い飴色なのでなおさらチョコレートっぽい。

扉には部屋番号を刻んだ真鍮製の細長いプレートが取り付けられている。ハンコックのドアノブもプレートと同じくすんだ金色で、クラシックそのもの。鍵もカードではなく、ノブ部分に差し込んでがちゃりと回す古いタイプのものだ。

非常階段側から宿泊客が姿を見せ、通路を進んでくる。すれ違う時に頭を下げ、杏はそちらへ近づいた。

ラウンジの対極の位置にある非常階段のほうにも、休憩スペースというほどではないが壁際に木製の椅子が三脚並べられていて、宿泊客が座れるようになっている。壁の上部にはアンティーク風の鏡が設置されていた。杏の顔の位置とだいたい同じ高さだ。

杏は椅子のほうを見遣って、首を捻った。

そこに誰か座っている。

通路のライトはレトロな雰囲気を醸し出すのには一役買っているが、多少薄暗く感じるのも事実。距離があると、向こう側に存在する椅子や人物の輪郭が判然としない。

さらに椅子側へと歩み寄り、杏は一瞬怖じ気づいた。

椅子に座っていたのは十歳くらいの女の子二人だった。いや、もう少し上だろうか？　彼女たちは、よく似た風貌をしていた。

ぱっと見て、双子だろうかと杏は考えた。そこから峰雄と晶の望月兄弟を連想し、とっさに恐怖心を抱いてしまう。

幼い頃の彼らが亡霊のように現れて椅子に座っている——と、そんな妄想を広げてしまったのだが、望月峰雄は生きている。亡霊としてここに出現するわけがない。

少女二人を双子かと疑ってしまったのは、着用している服がお揃いだったからだ。近づいてよく見れば、顔貌自体はさほど似ていない。

杏は胸を撫で下ろした。このところ霊障被害に遭い続けているせいか、ちょっと目を引くものがあるとすぐに怪しむ癖がついている。

彼女たちは、スカート部分にフリルをたっぷりと使ったワンピースを着ている。ジャボ付きブラウスの、ふんわりと膨らんだ袖にもフリルがあしらわれていた。ジャボとは襟元に用いる襞飾りのことだ。脚にはタイツ。サテンリボンを飾ったエナメルの靴がかわいい。

そこで杏は感心した。ワンピースの形は同じだが、白と黒の色違いだ。

(これってゴスロリの双子コーデかあ)

杏は密かに息を深く吐く。レトロな内観のホテルと相まって、愛らしいはずの双子ファッションが少々不気味に感じられたのかもしれない。

(ゴスロリ。正式にはゴシック・アンド・ロリータ。ゴシックはロマネスクの次の時代、つまり十二世紀頃に始まった様式。退廃的、あるいは幻想的な雰囲気を特徴としており——って、私、考え方がヴィクトールさんに毒されてきているな……)

首をぷるぷる振って余計な思考を頭から追い払おうとする杏に、少女二人が胡乱な目を向けてくる。

右側に座っている、猫のようにくりっとした目の少女は黒のワンピース。ブラウスやタイツが白だ。黒い髪はショートボブ。

左側の、白いワンピースに黒のブラウスを合わせた少女はセミロングの髪。目尻が少し垂れていて、こちらはおっとりとした顔立ちだ。

こうして双子ファッションをするくらいだからよほど仲がいいのだろう。手を繋いでいる。

(……かわいいけれど、そこで終わらないなにかを感じる)

ただ椅子に座っているだけなのに、こちらをじっと観察する少女たちから妙な妖しさというのか、秘密めいた背徳的な気配を嗅ぎ取ってしまい、杏はわずかに気圧された。二人だけで完結する仄暗い世界、という感じ。これがゴスロリ効果だろうか。

杏は気を取り直して、少女たちに軽く手を振り、「こんにちは」と挨拶した。少女たちは示し合わせたようにこてりと首を傾げた。

泊まり客には見えない。地元の子だろうか？　それともこのホテルに勤務しているスタッフの子どもとか。

「私たち、知らない人とはお話しないの」

「ね」

と、少女たちがくすくすと甘ったるい声で笑い合う。

「そ、そっか。邪魔してごめんね」

杏は笑顔を作り、退散することにした。

だが、黒ワンピースの少女が目を細めて、腰の引けている杏を意味深に見遣る。

「お姉さん、仲間に入れてほしい？」

でもだめ、入れてあげない、という拒絶の声が聞こえてきそうな問いかけだ。

困惑する杏に助け舟を出すつもりか、もう一人の、白ワンピースの少女がおっとりとした雰囲気に合ったやわらかい声で言う。

「友達になるには、私たちみたいに特別な繋がりがなきゃいけないのよ」

「どういう繋がり……？」

よせばいいのに杏はつい尋ねてしまった。

黒ワンピースの少女は面倒そうな気配を漂わせたが、白ワンピースの子は彼女よりも穏やかな性格のようだ。杏の問いかけに謎めいた返事を寄越す。

「この椅子に座る資格を持つ人だけが、友達になれるの」

「椅子に？」

杏は、彼女たちが座っている椅子に素早く視線を走らせた。

壁際に並べられている椅子は全部で三脚。そのうちの二脚を彼女たちが使用している。

「そうよ。この椅子は、私たちそのものなの。パパがそう教えてくれたんだから」

黒ワンピースの少女がふんわりと顔の輪郭を包むボブの髪を揺らし、挑発的な眼差しを杏に向けてくる。仲間にはしたくないけれど自慢はしたい、といった顔つきだ。

椅子は、少女たちそのもの？

「あなたのパパはどんな人？」

ヒントを求めて黒ワンピースの子に問うと、彼女は瞳をきらきらさせた。

「家具工房の職人だよ。ホテルの近くにある工房で色々な物を作っているの」

杏は「おっ」と心の中で声を上げた。もしかして答えは、家族が同じ職業であること？

「じゃあ、あなたのパパも工房の職人さん？」

と、杏は期待をこめて白ワンピースの少女にも確認する。

その問いに答えてくれたのは、黒ワンピースの少女だ。

「里江子ちゃんのパパは違うよ！　パパは会社員で、ママがここのホテルで働いているんだ」

「名前言っちゃやだめだってば！」

里江子と呼ばれた白ワンピースの子が慌てた顔を見せ、黒ワンピースの少女をとめる。

黒ワンピースの少女は「あっ」と小さく焦りの声を上げると、片目を瞑り、言葉を閉じこめるように口元を手で押さえた。

杏は指先を顎に当てながら考え込む。

少女たちは互いを見つめると、また、ふふと忍びやかに笑い合った。

色違いのワンピースを着た彼女たちから三脚目の椅子へと杏は視線を移す。

……答えがわかったかも。

(この椅子の形って――ひょっとすると、ひょっとするんじゃない？)

杏はむずむずしてきた。

巡り合わせの妙というべきか。ちょっと運命めいたものを感じるのもしかたないのでは、と調子良く考えて、気持ちが高揚し始める。

椅子は、スレンダーでありながらも優雅さと美しさを備えた作りをしている。材質は……ウォルナットだろうか？　さすがに正確な見極めは杏にはまだ難しい。ただ、アンティークものではない気がする。ヴィンテージと呼ぶのでさえ、なんだかためらわれる。経年変化独特の色味があまり感じられないというか。

製作年の見極めよりも、注目すべきは椅子の形だろう。ロココ時代によく使われたカブリオレ――いわゆる猫脚というやつだが、これは本来、華やかさをわかりやすく象徴するものであり、作りによっては過剰装飾にもなってしまう。だが目の前の椅子には貫がないためか、そういった重たげな雰囲気は見られない。

背もたれは花瓶形だ。こちらの細工も派手さよりはすっきりとした印象を与えるけれど、背もたれの縁の部分にゆるやかな曲線を作って、硬い感じを抱かせないように工夫されている。それに、猫脚部分にも曲線がある。細かなところまできちんと考えられている椅子だ。そのおかげで女性的な優しさすら滲んでいるように見える。

（ヴィクトールさん曰く、天使のカーブ！）

そう、彼が以前、言っていた。

これとよく似たタイプのアンティークチェアが「TSUKURA」でも販売されている。

あの衝撃的な発言は未だに忘れられない。なにしろはじめて会った日の彼は、幽霊に対して「背もたれには天使が宿る」などと熱心にその椅子のプレゼンをしていたのだから。杏がバイトを始めるきっかけにもなった思い出深い椅子でもある。

もっと言うなら——先ほどロビーでも話題に上がっていた。

女王、だ。

（やっぱり運命の出会いではないでしょうか！）

黒ワンピースの少女が口にしていた「椅子は私たちそのもの」という言葉。そのあとの、「名前を言っちゃだめ」という発言で決定的になった。

きっと杏が辿(たど)り着いた答えは正解のはずだ。

杏は背筋を伸ばすと、館内着の上着の裾(すそ)をちょっと指でつまみ、上品に微笑(ほほえ)んだ。

「かわいい女王様たち、私ともお友達になってくださる？　私も女王なの」

杏の言葉に、少女たちは驚いた表情を浮かべる。

そんな彼女たちを見て、杏の心も弾(はず)む。

（——この椅子、クイーン・アン様式のもので間違いない！）

里江子と呼ばれた白ワンピースの少女が目を輝かせてわずかにこちらへ身を乗り出した。

「女王なら、名乗ってちょうだい」

「クイーン・アン」とつい調子に乗って答えたあとで、「高田(たかだ)杏です」と正しい名前を告げる。

「この答えで合ってるかな？」

「お姉さんも椅子に詳(くわ)しいの？」

「私、椅子工房で働いているんだよ。住んでいるところはここじゃないけれどね」

という杏の説明に興味を示したのは、おもしろくなさそうに唇を尖(とが)らせていた黒ワンピースの少女だ。

「お姉さんも?」

「うん。あなたのパパも、家具工房で働いているんだよね」

「そ!」

黒ワンピースの少女がやっと警戒を解いた様子で、にぱっと笑った。

「私、堂本(どうもと)アンナ!」

「アンナちゃんがさっき言っちゃったけど、私、安西(あんざい)里江子」

「なるほどぉ」

杏は自分の推測が当たったことに内心興奮した。名前か苗字のどちらかに「アン」という言葉が入っている。これが里江子の言っていた「資格」の条件だ。

木工職人の父親はおそらく「これはおまえと同じ名が付けられた女王の椅子だよ」といった具合にアンナに教えたのではないか。彼女はその話に魅力を感じ、里江子にも聞かせたのだろう。

(自分と同じ名前を持つ女王の椅子だなんて、乙女心をくすぐられるじゃないか!)

そしてここに三人の女王が結集した、と。

「いいわ、お姉さん。仲間に入れてあげる!」

アンナがすとんと身軽に椅子から降りた。アンナはずっと里江子と手を繋いだままだったので、必然的に彼女も椅子から降りる形になる。

「私たち、お友達ね」

里江子もにこにこと笑って杏を見上げた。

「ええ、光栄だわ。女王様方」

杏も気取って答えると、少女たちが口を押さえて笑った。

「ね、杏！　特別な友達になったんだから、秘密も分け合わなきゃだめよ」

アンナに呼び捨てにされたことに少々面食らったが、女王仲間の間に遠慮（えんりょ）はなしだ。杏も笑みを作って、うなずく。

（警戒していた猫に懐かれた気分だ）

アンナのくりっとした目も、猫っぽい。

「秘密かあ……！」

自分になにかおもしろい秘密ってあったっけ、と杏は腕を組んで考えた。

ぱっと思いつかない。……いや、あるにはあるのだが、とてもこのかわいらしい女王たちに教えられるような、素敵な秘密じゃない。例を挙げると、幽霊の依頼ではるばると死体探しにやってきたとか。当然幽霊も見えますとか。なんならさっき電話で話したかもしれないとか。霊障も日常茶飯事（さはんじ）——なんて絶対に言えない。

「隠したってだめよ。知ってるんだから、私」

アンナが軽やかに言って、目を細める。

「えっ。な、なにを？」

しどろもどろになる杏の、館内着の裾を軽く引っぱったのは里江子だ。彼女も好奇心いっぱいの目をしている。

「杏お姉さん、昨日うちのホテルに泊まりに来たんでしょう？」

「う、うん。そうだけど」

「お母さんとか他のスタッフたちもね、皆びっくりしていたんだから。すごく恰好いい外人が若い女の子を連れて泊まりに来たって」

「えっ⁉」

固まる杏に、里江子は笑顔で追い打ちをかける。

「あれ絶対にモデルさんか芸能人だよって。『オシノビだ』ってお母さんたちが噂していたもん」

「すごーい！　杏、恰好いい！」

「ちょ、ちょっちょ、待っ」

お忍び⁉

（なんてこと言うの⁉　って、なんでそんな話になってる⁉）

決して人に言えないような旅じゃない――いや、人に言えない理由なのは確かなんだけれどもそういう意味じゃなく、死体探しが目的なわけで、もちろん恋人同士でもないわけで！

でも、もしそう見えていたら嬉しいな、とはちらっと考えたりしたけれども！

まさか本当にそう噂されるとは思いもしなかった。

「誤解だから！　あの人はその……っ」

どう説明したらいいの、ヴィクトールさんという人を。

（椅子愛を拗らせた変人で偏屈な上に方向音痴で、なおかつ人類嫌い。だけども時々優しくなる、私の好きな人――って、だから、話がズレている！）

私の心臓そんなに必死に鼓動を打って大丈夫？　壊れたりしない？　と心配になってくるくらい胸がどきどきしている。

「お世話になっているバイト先の、オーナーです！　ので、決して噂になっているような事実はないよ！」

杏は裏返った声を上げると、両手をぶんぶんと顔の前で振った。頬が熱い。真夏の太陽に襲撃されたんじゃないだろうか、と馬鹿な考えまで脳裏に浮かぶ。

「隠さなくていいのに！　杏はあの人の秘密の恋人なんでしょ！」

アンナが明るい声で叫び、きゃあきゃあと里江子とはしゃぐ。

「いやっ！　違っ！　それは！」

狼狽えすぎか、私！

まともに言い訳もできないほど混乱し、杏はその場に屈み込みたくなった。

少女たちは興奮した様子で手を繋いで笑っている。

「それ、その噂！　ほんと、あの人には言わないでね⁉」

二人に向かって、杏は真剣に拝み倒した。秘密の恋人同士という仰天の噂がホテル従業員の間に広がっている——と、ヴィクトールが知った後の反応が怖すぎる。

「わかってる、秘密の恋だもんね！　安心して杏」

「違うから‼」

なんてことだ、全然わかっていない！

「大丈夫だよ、杏お姉さん。私たち、絶対誰にも言わない」

里江子も自信たっぷりに胸を張っていたが、まず杏たちが秘密の恋人同士ではないことをわかってほしい。

「うん、言わない」

アンナも力強く誓う。

杏は、火照った顔を両手でこすり、ううと呻いた。女王たちの友情に感謝すべきか嘆くべきか。

「だってね、杏。私たちも秘密の恋、してるんだもの」

頬を紅潮させて喜んでいたアンナが、ふいに小首を傾げて微笑んだ。それまでの無邪気な様子が一転し、じっとりと身体に絡み付くような、妙な妖しさを匂わせる。

恋を知る者特有の、熱を帯びた目付きをアンナはしている。そう気づいて杏は息を呑んだ。幼かろうと女だ。睫毛(まつげ)が目元に作る影も、唾液(だえき)に濡れた小さな白い歯が覗く唇も、なんだかすごく色っぽい。知らず疾(やま)しい気持ちを持ってしまうほどに。

自分のほうが年上なのに、女らしさという点で圧倒的に負けている気がする。

「ね、里江子ちゃん」

アンナがその、秘めやかな情熱をたたえた眼差しを里江子へと移し、同意を求める。

里江子は困ったように唇だけで微笑み、小さくうなずいた。

「……もしかして、二人の好きな人は一緒、とか?」

杏は好奇心に負けて尋ねた。十代前半の少女にこれほど艶めいた顔をさせる恋。女王仲間として、気にならないわけがない。

「一緒じゃないけど、恋はひとつよ」

アンナはまた、謎めいた物言いをした。

しかしながら近頃の杏は、謎めいた物事に馴染みがある。

秘密の恋。「好きな人」は一緒じゃないけれど、恋はひとつ。双子ファッション。繋がれた手。

答えは、目の前にある。

「私たち、二人で一人なの」

アンナが誇(ほこ)らしげに言った。杏は一度目を瞬(しばた)かせ、すぐさま理解する。

（彼女たちは、恋をし合っている）

そういうことなのだろう。

「――そっか。お互いのことが大好きなんだね」

杏が二人を順番に見て囁くと、驚いたような視線が返ってくる。彼女たちはどうも別の反応を覚悟していたらしい。

「私たちの恋を、反対しないの？」

と、おそるおそる尋ねたのは里江子だ。

それに杏は少し思案し、優しく問い返す。

「もしも私が『やめなさい』と反対したら、女王様たちはその恋を捨てる？」

「捨てない！」

黙り込む里江子に代わって、アンナが怒った声で答える。彼女の瞳は頑(かたく)なで、ぎらぎらしていて、でも見惚(みと)れるくらい美しい。

「だよね。誰かに反対されたって……自分で打ち消そうとしたって、恋は勝手に育つもんね」

杏はしみじみとつぶやいた。その時、脳裏にヴィクトールの鬱々(うつうつ)とした顔が浮かんだことについては、見て見ぬ振りをしたい。

アンナは気が抜けたように表情から険を拭(ぬぐ)い落(お)とし、じっと杏を見つめる。

彼女は時々大人顔負けの雰囲気を醸し出すので、どきっとしてしまう。

「杏も同じなんだ？　やっぱ恋しているんだね」

「……んっ⁉　あ、いや、私はそういうのではないけれども！」

ごまかさなくてもいいのに、という呆れた視線を年下の女王たちから同時に向けられて杏はへこんだ。

「杏は私たちの恋を認めてくれたから、本当に特別な友達よ」

アンナはにっこりすると、軽く踵を上げて杏を見つめる。

内緒話の気配を感じて、杏は反射的に腰を屈めた。

「あのね、このことは誰にも言わないでね。いい？　私たち——近いうち、心中するの」

「——」

耳に滑り込んできた物騒な言葉を杏はとっさに理解できず、目を点にした。なんなら『真珠』と聞き違いをしたくらいだ。だが『近いうち真珠する』では意味が通らない。

「毒薬で」

続けて落とされた言葉に、杏はつかの間絶句する。

——毒薬？　本当にそう言った？

信じられずにいると、そんな杏の胸中を察してか、アンナがくすっと笑う。吐息のまざった甘い声音だった。

子どもとは思えない妖しさにうろたえたあとで、『真珠』ではなく『心中』だと杏はようやく理解する。腕に鳥肌が立った。慌てて背を伸ばし、二人を見遣る。

「……や、やだな。心中だなんて。私のこと、からかってる？」

杏はあえて明るい声を出した。

たとえ冗談なのだとしても、この年頃の少女が死を連想させるような言葉を口にするのは不吉に思えて、とても笑えない。

「嘘じゃないよ。特別な友達だから、教えてあげたの」

「でも、毒薬なんか、簡単に手に入るものでもないし――」

ここへきて杏が否定するような言い方をしたからか、アンナほどには積極的に秘密の恋について語ろうとしなかった里江子までが、少しむきになって口を開く。

「持ってるよ、毒薬」

まさか、と笑い飛ばせない。

里江子の口調には嘘や迷いが感じられない。事実を言ったという誠実な空気が伝わってくる。

（……だからといって、いくらなんでも十代前半の女の子がそうほいほい毒薬を入手できるわけがない）

心の中で否定する杏を追い詰めるような眼差しで、里江子が微笑む。

その大人びた表情に凄み（すごみ）を感じて、杏は背筋が冷えた。

「あのね、砒素(ひそ)、だよ」

「え――」

具体的な言葉を出されて、杏はおののいた。

「知らないの、杏お姉さん。農薬とか防腐剤に入っているやつだよ。私のお母さんの実家って、農家だもの。特別なことをしなくても普通に手に入るよ」

「ひ、砒素?」

淀(よど)みのない里江子の話し振りに、杏は本格的に混乱した。

嘘でしょう? この子たちは本当に毒薬を持っているの?

「最初は私の部屋に隠していたんだけれど、それだと掃除の時とかに、お母さんに見つかるかもしれないでしょう? だからどこにしまっておくか悩んでいて」

ね、と里江子が困ったように眉を下げて、アンナと目を合わせる。

アンナがそれに深々とうなずき、杏へと視線を向けた。

「待って。ちょっと――聞きたいことがあるんだけれど」

杏は先ほどとは違う意味で激しく鼓動を打つ胸を落ち着かせるため、一度唾液を飲み込み、時間稼(かせ)ぎの質問をした。

「二人は好き合っているんだよね? 両想いなら、どうして心中する必要があるのかな?」

少女たちは答えず、拗(す)ねたように頬を膨(ふく)らませた。

「私以外の誰かにもその秘密を教えたことはある？　もしかして、その人に反対された？」

ぷいと横を向いたアンナに、里江子が小さく吐息を漏らす。

「……私たち、あと少しで離ればなれになっちゃうからだよ」

「なぜ？」

「来月になったら私、遠いところに転校するの。お母さん、今の仕事をやめて実家の手伝いをするって」

里江子の力のない返事に、アンナが唇を噛みしめる。それから敵を見るかのように杏を睨み上げた。

「大好きだから里江子ちゃんと離れたくない。杏だって好きな人のそばにいたいでしょ？　でも一緒にいることを許してもらえないなら、二人で死ぬしかないじゃない」

たかが転校で――とは言えなかった。

環境が変われば、友人関係だって大きく変わる。生活そのものも変化する。新しい土地に馴染むことで精一杯になり、これまで大切だったはずのものがおろそかになることも。

かくいう杏も引っ越し組だったので、急な環境の変化に対する不安はよくわかる。転校なんかしたくないのに親の都合でずっといた場所を離れねばならないのだから、寂しさや悲しさだって、いっそう募る。

――親のほうも好き好んで子どもの環境を引っ掻き回したいわけではないと、頭では理解しているのだが、それでも理不尽な思いはどうしたって心に残ってしまう。

現に杏は、未だ母親との関係がぎくしゃくしているのだ。

もやもやした思いに囚われそうになり、杏はゆるく首を振った。目の前にいる少女たちの話に集中する。

「心中って、好き合ってる恋人がするものでしょ？」

私はちゃんとわかっているのだ、と主張するようにアンナが確信のこもった口調で言う。

「でもアンナ、部屋に毒薬を隠していたら絶対に見つかっちゃう。お母さん、私の部屋に勝手に入るもの」

悩ましげな顔を見せる里江子に、アンナが無言で手を差し出す。

里江子は少しの間その華奢な手を見下ろし、スカートのポケットを探った。そこからガラス製の透明な小瓶を取り出してアンナの手の上に乗せる。

アンナは蓋の部分を慎重に指先でつまんだ。

杏は言葉もなくその小瓶を見つめる。心臓がうるさい。

小瓶の中には、薄ピンクの、半透明に見える粗い粉末が入っていた。

（え……これって本物？　本当に砒素の粉末？）

じわりと背筋が汗ばんだ。胸を圧迫するような恐怖が杏を襲う。

杏にとっては幽霊が見えることよりも、稚い少女たちの手に毒薬があることのほうがよほど恐ろしいし、現実味がない。彼女たちが持っていていいものじゃない——持っていてほしくない。もしも不幸が起きたら、どうするのか。

「杏」

と、アンナが囁くような声で呼んだ。

杏は大きく肩を揺らし、視線を泳がせた。すぐに返事ができないほど動揺していた。

「私たちってもう、特別な友達でしょ？」

「——そ、そうだけど」

「ねえ、隠し場所が見つかるまで、杏がこれを預かっていてくれない？」

え、とかすれた声が杏の口から漏れた。

(毒薬を、私が？)

いいよ、と言えない。毒薬なんてそんなの、どうやって管理すれば——。

「そうだね！　杏お姉さん、お願い！」

里江子も、いい解決方法が見つかったとばかりに、ぱっと笑顔を見せて両手を合わせる。

「杏なら私たち、信じてもいい。ね、預かってくれるでしょ？」

アンナがうっとりと微笑んで、硬直している杏の手に小瓶を握らせた。

杏は取り繕(つくろ)うことも忘れて身を震わせた。

毒薬が自分の手の中にある。美しいようにも見える薄ピンクの粉末。これが人の命を奪う恐ろしい砒素だという。

　この非現実的な状況を受け入れられず、杏は頭がくらくらしてきた。酸欠になりそうだ。酔(よ)ったような感覚にも陥(おちい)る。

　誰でもいいからこの恐ろしい毒を消してほしい。いや、でも彼女たちは杏を信頼して預けてくれたのに――。

「女王の名にかけて、ちゃんと預かってね」

　アンナの甘い声が、まるで脅迫(きょうはく)のように杏の耳に届いた。

3

　我に返った時には、既に少女たちはいなくなっていた。

　杏は小瓶を握ったまましばらくその場に立ち尽くし、放心していたらしかった。

　通路を歩く宿泊客から不思議そうな視線を向けられていることに気づいて、杏は小瓶を握り締めたままぎこちなく足を動かす。全身に力を入れないと、途端にがくっといきそうな予感があった。

（砒素。……って、どういう毒だっけ？　どれくらい危険？　毒性物質が空気中に拡散されたりはしないの？）

　杏の中には、殺人事件を描いたドラマなどで都合良く使われる毒、という認識がある。その程度の認識しかないとも言える。扱い方が不明だから、より恐怖が増す。

（これ、どうしよう。どこに持っていけばいいの。警察に持ってく？　でもあの子たちの信頼を裏切るわけにはいかない）

　いや、心中を成功させてはだめだ。だったら、最終的に恨まれる結果になろうとも杏が処分したほうがいいのではないか。だが毒物の処理法なんて普通の女子高生が知るわけがない。こうして手に持っているだけで吐き気がこみ上げてくるほど怖い。いつ爆発してもおかしくない爆弾を抱えている気分だ。

しっかりと密閉できる容器に入れておく？　それってどこに売っているのだろう？

薄暗い通路を進むごとに理性もぐらつき、杏の思考にいっそうの混乱を招く。

(ヴィクトールさん、どうしよう……！)

杏は泣きたい思いでヴィクトールの姿を脳裏に描く。

次第に通路を進む足の動きが早くなる。すぐにでもあの人に会って相談しなきゃ。そうだ、ヴィクトールならきっとなにか良案を授けてくれるに違いない。だって今までもピンチの時に助けてくれたのだ。

エレベーターを使わずに階段を利用して三階へ急ぎ、ヴィクトールの部屋を目指す。扉の前に到着し、ノックしようとしたところで、館内着のポケットに入れていたスマホが突然着信音を響かせた。

杏は飛び上がるほど驚いた。片手に毒薬の小瓶を持ったまま、あたふたとスマホを取り出して耳に押し当てる。

「もっ、もしもし！」

『おっ、おおう。もしもーし……俺でーす』

おずおずとした男の声が杏の耳に届く。

『って、オレオレ詐欺(さぎ)みたいだな！　違うからな。俺です。島野(しまの)です』

「――雪路(ゆきじ)君!!」

杏は呻(うめ)くように名前を呼んだ。

「本当に雪路君!?　私、夢の中にいる？　これって現実かな!?」

『どっ、どうした？　なんかあった!?』

「わかんない！　夢だよね!?」

『やっ、待て、俺起きてるよな!?』

「嘘っ……」

『悪い、たぶん現実だわ！　いや、さっき武史(たけし)君たちもそっちに電話したんだよな。俺もやっぱ気になってかけてみたんだけれども、大丈夫か？　ヴィクトールになんかされた!?』

杏の動揺っぷりに、雪路もつられたらしい。焦(あせ)ったように早口で問いかけてくる。

そんな雪路の様子に杏もさらに動揺するという、怪しいスパイラルに陥(おちい)った。

「ごめん、雪路君、私もうだめ！」

『えっなにが!?』

「今、毒薬持ってるの！　ごめんね、あとで連絡する！」

『はっ？　待って怖い、毒薬ってなに!?』

混乱に巻き込んでしまった雪路にはすまないが、今の杏はもはやゆっくりとおしゃべりできるような精神状態ではなかった。

通話を強引に終わらせてから、ヴィクトールの部屋の扉を力一杯ノックする。

「ヴィクトールさん！　杏です！　開けて！」

叫んだあとで、もう寝ているかもしれないと絶望的な気持ちになる。視界がゆらめき、目の前にある扉をぼやけさせる。涙のせいで見えにくくなったのだと遅れて気づく。

「ヴィクトールさん、どうしよう、私もう死んじゃう……！」

震える声で訴えた直後だ。

がたがたと室内から音が響き、扉が乱暴に開かれた。

杏は、はっと息を呑んだ。いかにも不機嫌な表情のヴィクトールが杏を見下ろしていた。

夕食後の宣言通り、すでに休んでいたのだろう、いつもよりも髪が乱れている。室内のシャワーを使用したのか、服も替えていた。館内着ではなくパジャマ代わりらしきグレーのTシャツと生成りのイージーパンツを身につけている。

この険しい目付きからしてヴィクトールは、うるさく扉を叩く杏を注意するつもりだったに違いない。だが、いざ扉を開ければそこにいたのは涙目で怯える杏だったため、出端を挫かれたようだ。

数秒、ヴィクトールは内ノブを握ったまま杏を観察した。

「……入れ」

　彼は視線を断ち切ると、動けずにいた杏の腕を強めの力で摑み、有無を言わさず室内に引っぱり込む。

　杏の後ろで、バタンと音を立てて扉が閉じる。

　室内の作りは杏のほうとほぼ同じだった。およそ十五平米のシックなカラーで統一されたシングルルームで、ベッドにユニットバス、テレビを載せたダークブラウンのテーブルセットがある。

　杏は自分の腕を摑むヴィクトールをぼんやりと見つめた。

　天井の照明は絞られており、全体的に薄暗い。テーブル側に大きめの窓があったが、今はカーテンがしっかりと閉められている。そのため、すぐそばにいるヴィクトールの輪郭もどこか曖昧に見えた。

　ヴィクトールは使用跡があるベッドの端に杏を座らせると、自分も乱暴に頭を搔きつつ隣に腰かけた。

　普段の杏だったら狭く薄暗い室内に二人きりという状況にしばらく動揺しただろうが、今はとても浮ついた感情は抱けない。左手の中にある小瓶が杏をこの緊張感から解放してくれないのだ。

「ヴィクトールさん、私、死ぬかも」

「いきなり叩き起こされて物騒な発言を聞かされる俺の身になってくれる?」

弱音をこぼす杏に、ヴィクトールが微妙な顔で答える。

だが肩を強張(こわば)らせた杏を横目で見て、自分の口調のきつさに気づいたらしい。今度は意識してやわらかくしたとわかる落ち着いた声で、彼は尋ねた。

「……なぜ死ぬの?」

「クイーンの呪(のろ)いかもしれません……」

あとから思えば「この答えはない」と羞恥(しゅうち)にのたうち回りたくなるような恥ずかしい返事でしかないが、この時の杏は本気で死ぬかもしれないと恐れていたのだ。自分の迷走ぶりにも気づかなかった。

「クイーンの呪い?」

ヴィクトールは「この子は突然なにを言い出すんだ?」という呆(あき)れた目で杏を見つめた。しかし杏が本気で怯えていたため、さらに鞭打(むちう)つのはどうかと思い直したらしい。口から出かかっていた皮肉を無理やり飲み下したような、消化不良の表情を浮かべて考え込む。

「……ところで君、手になにを持っている?」

会話の糸口を探すようにあちこちさまよっていたヴィクトールの視線が、杏の手に握られていた小瓶の位置でぴたりととまる。

「毒薬です」

杏が端的に答えると、途端にヴィクトールは嫌そうな顔をした。たとえるなら「腐食が激しくて使えそうにない木材を発見した時の顔」だ。

「聞き違いをしたようだから、もう一度言え。なんだって？」

「毒薬です」

「……あのさあ、君。俺はどちらかというと、動き回るのが嫌いなほうだよ」

急に話が飛んだが、杏は心の中で「じゅうぶん存じております」と答えた。彼は椅子に関わる時だけアクティブになるが、基本的には引きこもり気質で鬱々としている人だ。

「その俺が死体捜索などという非常識な目的のために犠牲を払って奔走しているんだけれども」

犠牲……、椅子を愛でる時間を削っているとかだろうな。

「もうこの時点で俺の一週間の活動時間は限界を超えている。なのに君、レストランで俺と別れてからまだ二時間も経っていないよね？」

「はい……」

「俺が死にたくなる前に、正直に答えろ。どこで君は、『毒薬』と称して胡散臭いシロモノを押し付けてくる浅慮で間抜けな人類に騙されてきたんだ」

「そこまで言います⁉」

「言うに決まっている。その毒薬とやらを早く俺に寄越せ。捨てる」

「だめです！」

小瓶に手を伸ばすヴィクトールから逃れるように、杏は身をよじって叫んだ。

「君に拒否権があると思うな、抵抗せずにさっさと渡せ」

怒りをうかがわせて低い声で要求するヴィクトールに、杏は首を横に振った。

「だってこれは砒素なんですよ！」

「……はあ？」

「もしも瓶を持つだけで身体に影響が出たらどうするんですか！　ヴィクトールさんまで死んじゃうかもしれないでしょう！」

　ヴィクトールが軽く目を瞠る。

　毒気の抜けたその表情を見て、杏は焦りを抱いた。ヴィクトールに相談すればきっといい解決方法が見つかるだろうと無我夢中で部屋に突撃したが、下手をすれば彼まで危険に晒しかねない。その可能性に今頃気づく。

「これってやっぱり真空状態で保管しないと、目に見えない微粒子が空中に舞ったりするんでしょうか⁉　す、すみません、巻き込んでしまって——私、すぐに部屋を出ます」

　慌てて立ち上がった杏をぽかんと見上げたのち、ヴィクトールは深く息を吐き出す。

「……突っ込みたいところは多々あるが、まず落ち着け」

「私、外に出ますので、できたら電話でこれの処分方法を教えてください」

「いいから、座れ」

怒鳴られたわけではないのになんだか抗えないものを感じて、杏はおずおずとベッドの端に座り直した。

彼は、むっとした顔で杏の手から無理やり小瓶を奪い取る。

「ヴィクトールさん！　だめですって！」

「なにもだめじゃないよ。騒ぐな」

仰天して小瓶を取り返そうとする杏を片手で制し、彼はベッドのヘッドボード側にある照明のスイッチを入れる。薄暗い室内が一気に明るくなる。

杏はぱしぱしと何度も瞬きをしてこの明るさに目を慣らした。

「どんな説明をされて、これを受け取ったんだ？　砒石を精製したものだから生薬になるとでも言われたのか？」

「……えっ……と、砒石って……？」

ヴィクトールは目の高さに小瓶を掲げてしげしげと観察すると、こちらへ視線を向ける。

「無水亜ヒ酸、つまり三酸化二砒素を含む有毒の鉱石。亜ヒ酸は農薬や殺虫剤などの原料にされている化合物のことだ。酸というくらいだから、空気酸化……水素を失う性質を持っているわけだけれども。水素がなにかはさすがにわかるな、現役高校生」

ヴィクトールには悪いが、砒石の説明は頭に入らなかった。

杏が背筋を震わせたのは「農薬」という言葉が原因だ。

里江子の説明は、まるきりでたらめではなかった。砒素が農薬に含まれているだなんて、十歳程度の少女が単なる思いつきで口にできるわけがない。――その知識を持っていなければ無理だ。

「杏、最初から詳しく話せ。誰に、どこで、なんと言われて、こんな馬鹿げた物を持たされた」

杏は、ぐっと息を詰めた。

全部打ち明けて楽になりたいという、罪を犯した犯罪者のような葛藤が芽生える。

砒素を渡された経緯を説明するなら、当然アンナたちの秘密にも触れる必要が出てくる。

(――クイーンの秘密が……)

いや、たとえ彼女たちから秘密を漏らした裏切り者だと失望されても、危険な毒物の始末を優先すべきだ。人命がかかっている。

だが二人はそもそも、死ぬために毒薬を持っていたわけで――。

「おい」と、ヴィクトールがぶっきらぼうに呼びかけてくる。

「君の美点は胡散臭い詐欺師の言葉さえなんら疑うことなく素直に飲み込んで怯えるところだろ。だったら俺の言葉にも素直に従って、面倒だから早く説明しなよ」

「私の美点褒めてます？　けなしてません？」

ヴィクトールがあまりにもヴィクトールすぎるため、杏はいくぶん冷静になった。こちらの複雑な心境など知りもせずに、ヴィクトールはかったるそうな顔を見せる。

「あのなあ、君。なにを迷っているか知らないが。ごちゃごちゃ悩まず、常に俺を選べ」

「……はい!?」

聞きようによってはとんでもない告白にも思える発言に、杏は驚いた。

「むしろなぜ俺を選ばずに往生際悪く隠そうとするのか。君が奇天烈な思考を働かせて解決策を探るより、俺が考えたほうが断然早いし正確だ」

「……。そうですよね！　そういう人でした！」

「君だって自覚があるから俺を頼ったんだろ。なにを怒る」

ときめきかけた数秒前の自分を叱り飛ばしたい。

もう、なにこの人、天国と地獄のボールを交互にぶつけてくる！

杏は恨めしく思いつつも、その失礼なアドバイスに従って毒薬を持たされた経緯をヴィクトールに説明した。二階の非常階段近くの休憩スペースで双子ファッションの少女たちと出会ったこと。その彼女たちと結んだクイーン・アン同盟。それから心中、毒薬。

ヴィクトールは、三人の間で結ばれたアン同盟のくだりには少しおもしろそうな顔をしたけれど、他は終始「なぜ杏はこんなにも騙されやすいのか」という微妙な表情を浮かべ続けた。

本当に失礼な人だ。

杏の話を聞き終えると、ヴィクトールはいっさいの躊躇なく小瓶の蓋を開けた。自殺行為としか思えない振る舞いに驚愕する杏を無視して、薄ピンクの粗い粉末をざらざらと手のひらに乗せる。

「な、なにやっているんですか……!!」

我に返った杏は叫び声を上げ、ヴィクトールの手のひらから乱暴に粉を払い落とした。

「死っ、死ぬ……死……死！」

「怖いよ君、口が回っていない」

ヴィクトールは小さく笑うと、「クイーン、騙されやすい性格が災いして君の統治期間が短く終わったんじゃないの？」という冗談を言った。

「本物の毒なわけないだろ」

「――えっ、でも、ヴィクトールさんも、農薬って」

「確かに砒素が農薬に使われているとは言ったが。そして君の同盟仲間の幼いクイーンの家族が農業を営んでいるという話が事実で、なおかつその家が、子どもでも簡単に入手できるほど薬剤の管理もずさんだったとする。だけど、いくらなんでも砒石を入手するなんて無理だ」

「そっ……そう、でしょうか」

「だいいち、見ればわかるじゃないか。これのどこが砒素なんだ」

……いや、砒素を見るのもはじめてですが。

「これは、単なる塩だろ」

「…………はい？　塩……塩!?」

杏は目を剝いた。小瓶に残っている『毒薬』とヴィクトールを交互に見る。塩と言われても、すぐには受け入れられない。

「えっ、だってこれ、なんか薄ピンクですよ！　塩っぽくないですよ」

「むしろ白い粉末のほうがよっぽど毒薬らしいだろうが。三酸化二砒素は白い固体だ」

杏の主張をあっさり論破して、ヴィクトールが爆弾を落とす。

「それに、君の部屋にだって、同じ物があるだろ？」

「――ないですよ、毒薬なんか!!」

「あるよ。この部屋にも置かれている」

断言して、ヴィクトールは杏の手を取り、ベッドから立ち上がらせた。

「どこに行くんですか」

「こっち」

入り口の付近に設けられているユニットバスの扉を開け、怯える杏を中へ押し込む。そのあと、ヴィクトールも入ってきた。バスタブの横にトイレと洗面台があるため、狭い。換気されているが、バスタブの内側には水滴が残っていたし、シャワーカーテンも湿っているようだ。使用済みのタオルがバスタブの縁に引っかけられている。

杏は視線をヴィクトールへ戻した。

動けるスペースがほとんどないので密着する体勢になり、焦りが生まれるも、ヴィクトールのほうに気にした様子はない。落ち着き払った態度で洗面台の棚からプラスチック製のボトルを取り出す。シャンプーのボトルよりもやや小振りだろうか。

「ほら」

それを目の前に差し出され、杏は呆気に取られた。

受け取ったボトルの中には——薄ピンクの固形物が詰まっている。

「これって——」

「ピンクソルト」

……ピンクソルト、と杏は声なく繰り返した。視線はボトルに釘付けだ。

「ヒマラヤ岩塩だね。バスソルトとしても使われている。君の部屋にもアメニティグッズのひとつとして用意されているはずだよ。使ってみたら？」

「——」

ヴィクトールは、茫然とボトルを抱える杏の目の位置で、『毒薬』の小瓶を軽く振った。

「どう？　同じだろ」

……似ている。色が。このピンクソルトを細かく砕いたらまさにこんな感じになる、というか——そのものだ。

「幼いクイーンの片割れの親がここの客室係という話だったな」

返事もできないでいる杏を見つめたまま、ヴィクトールはすらすらと解説する。

「ホテルの雰囲気を見た限りでは、そこまで格式張ったところじゃなさそうだ。従業員の子どもが入り込んでも悪ささえしなければ目を瞑っている……という感じなのかな。託児所が設置されている企業はまだまだ少数だろうし。子どもの出入りが普段から黙認されているのなら、幼いクイーンたちが大人の目を盗んでソルトを持ち出すのはそう難しいことじゃないと思うよ」

「……」

「君さ、クイーンたちが砒素だと具体名を出したから慌てたんだろ。農家の子ならまあ、『危ないので薬剤に触ったらいけない』って親に注意されることもあるんじゃない？　その時に聞いた言葉を覚えた可能性もあるし、君の話を聞くと彼女たちってゴスロリ系が好きなんだよね。なら『毒薬』なんていかにも退廃的で彼女たちが好むワードだよな。そういう題材の少女漫画とかもありそうだ」

「……」

「まず前提として、十歳程度の少女が粉末状の砒素を入手できるわけがない」

「……」

「こんな安っぽい小瓶に入っている点でもう偽物だとわかるけれどさ。だいたい彼女たちはどうやって農薬から砒素を分離させたんだ？　大人でも難しいだろ」

淡々と指摘され、「もうやめてください」と杏は懇願したくなった。

頬がじわじわと熱くなってくる。羞恥でだ。

「まさか小学校の理科室で実験しましたとか言わないよな。マッドサイエンティスト少女なのか、その子たち」

「……私が、少し勘違いしていたようです」

「少しどころじゃなくない？」

いや本当に、冷静になってみれば、信じるほうがどうかしているという内容ではないだろうか。

（どうして私、信じた……っ）

杏は力を入れて目を瞑り、叫びそうになるのを懸命に堪えた。できることならもう触れないでほしかったのに、ヴィクトールは追撃をやめてはくれなかった。

「俺は会っていないからどうとも言えないけれど。君、その少女たちに気圧されたんだろ」

よくおわかりで。

「想像がつくよ。君って催眠術にもかかりやすいタイプなんだろうな」

そんなことないと否定したいが、口にした瞬間反撃されるのは目に見えている。でも、せめてもの抵抗として、ヴィクトールの寝癖付きの髪をもっと乱してやりたい……。

「服装や会話、このホテルの雰囲気、それから……死体捜索も、君の混乱を深める装置の一部になったのかな。まあ幽霊より毒薬発見のほうが現実的な話ではあるよね。本来なら」

彼は、「本来なら」の部分を情感たっぷりに言った。すごく憎らしい！

「……騒いですみませんでした」

杏は視線をボトルに固定させたまま、ぼそぼそと告げた。ヴィクトールと目を合わせられない。

「別にいいよ。興味深い話だった。塩が女王を死なせるわけか」

彼は絶対におもしろがっていると思う。

「……お休みのところをお邪魔して、本当に……」

全部自分の単純さが招いた間違いだとはわかっていても、つらいものはつらい。先ほどまでの慌てぶりを思い出すと、なおさら死にたくなる。

「でも俺に相談してよかっただろ。ピンクソルト毒薬事件、スピード解決したな」

意地が悪い！

反射的に睨み上げれば、ヴィクトールは「ふふん」と言うようなにやにやした顔で杏を見下ろしている。

「髪が乾き切っていないね。君も風呂に入ったんだろう？　ならこのソルトが棚にあるのに気づかなかった？」

ヴィクトールが杏の髪を一房つまみ、湿り具合を確かめるように軽く指先でこする。

この人は杏を打ちのめすことに喜びを見出していないだろうか？

（今の私は、ヴィクトールさん以上に人類が嫌いだ……）

杏は溢れそうになるネガティブな感情を必死に抑え込んで、口を開く。

「部屋のバスは使わずに、一階の浴場に行ったんです」

そう、部屋でシャワーを浴びたわけじゃない！

「へえ。でもそれなら売店の前を通るじゃないか。あそこにもソルトが売られていたのに」

観察力ゼロですみませんね！

「精神的にも疲労が溜まっていたから、その分冷静さも失われてしまい、騙された――とは杏の場合、言いがたいよな」

「追い打ちをかけないでほしいんですけど！」

単細胞、粗忽、と評されたも同然だ。杏はさらに頰を赤くした。

恥ずかしいしいたたまれない。人生を三十分前からやり直したい。

「最近の俺、杏のおかげである意味、視野も活動範囲も広がったと思うよ。きっかけの大半が霊障に関することだが。なんといっても塩に詳しくなった。その知識がここでさっそく役に立ったな」

……意外と凝り性なところがありそうな人だから、きっと塩の種類や歴史も調べたに違いない。その流れでピンクソルトに行き着いたのではないか。いや、杏が知らなかっただけで、一般的には有名な塩なのかも。

「ところで杏は砒素がどんな毒か知っている？」

ヴィクトールは小瓶と、杏の手から奪ったソルト入りのボトルを洗面台の棚に置き、尋ねた。

この人、まだ毒の話を続けるつもりか。

「毒の話は忘れてください。もう邪魔しませんので、どうぞ眠って！」

杏は赤くなった顔を俯(うつむ)けて、ヴィクトールの身体をぐいぐいとユニットバスの外に押し出した。

「なんだ、せっかくバスルームにいるんだから毒薬風呂に入ればいいのに」

杏は目尻を吊り上げた。

（わかったぞ、この人。普通なら騙されるわけもないようなことで私が騒いで寝入りばなを叩き起こされたから、仕返しするつもりなんだ）

こちらを見下ろすヴィクトールはいっそ清々(すがすが)しいほどに人の悪い笑みを浮かべている。

仕返しされずとも、すでに杏はじゅうぶんすぎるほど心に打撃を受けている。ヴィクトールが命名したこのピンクソルト毒薬事件は、きっと後々何度も思い出して恥ずかしさにのたうち回る杏の黒歴史へ化けるに違いない。

「毒薬風呂って美肌効果があるそうだし、むくみ解消にもいいはずだよ。試してみれば？」

「試しません」

ヴィクトールが朗らかに言って、杏を強引にユニットバスの中へ押し戻した。今日のヴィクトールはいつも以上に意地悪な気がする。

今後、寝起きの彼には絶対に近づかないことを杏は心から誓った。

「大丈夫、死んだりしないよ。空気中の酸素に触れても、有毒ガスには変化しないから。口に入れても問題ない」

「わかってます!!」

「一人で試すのが怖いなら一緒に入ってやろうか。いきなり叩き起こされずにすむのなら、いくらでも付き合ってあげるよ」

怖さ云々の問題じゃない——そう言い返そうとして、杏は動きを止めた。

今、もしかせずともアウトな発言をされたのでは。

「セクハラ……?」と無意識につぶやいてしまった自分はなにも悪くないはずだ。

「はあ?　……違う、この場合はパワハラが適切だろ」

ヴィクトールはむかっとした表情で反論したが、ふと目を瞬かせて口を噤む。

(どちらもアウトには違いないような……)

いずれにせよ深く考えずに放たれた言葉だろうと杏は理解していたが、それを言ったヴィクトール本人のほうがよほどびっくりした顔をしている。だがなぜか少しずつ目の奥に険を宿し始めた。八つ当たりされそうな気配を感じて、杏はさり気なく身を引き、牽制した。

「……工房長に、オーナーからパワハラされたって連絡をしておこうかと」

「やめろ」

ヴィクトールが低い声で窘める。

一瞬の不自然な沈黙ののち、彼は脅すような声で名を呼んだ。

「……杏」

「はい」

「砒素ってね、古い時代から毒殺に使われてきているんだ」

「はい？」

「十三世紀に発見されたと言われているが、紀元前の古代ギリシャでもすでに使われていたという説もある。蛇足だが、世界初の解毒剤を作ったのは紀元前のポントス王国の王ミトリダテス六世だ」

唐突になにかが始まった。

目を点にする杏の腕を乱暴に摑むと、ヴィクトールはユニットバスから出てベッドのほうに戻った。杏を再びベッドの端に座らせ、自分は完全に乗り上げて胡座をかく。

杏はそわそわした。……今しがた交わしたアウトな会話の内容をじっくりと反芻してしまう前に、早くこの部屋から出て一人になったほうがいい気がする。

「歴史上で有名な毒薬といえば、カンタレラだ」

「は、はあ」

「イタリアのボルジア家が使ったとされる有名な毒薬事件。そのカンタレラが砒素だという説がある。君の大好きなルネサンスの時代の話だよ」

「大好きなんかじゃありません！」

杏は憤慨した。どうあっても切り離せないルネサンス。これまでに何度、椅子談義の中に登場して杏を苦しめてきたことか。毒談義にも登場するとは、本当に侮れない。

先ほどまで落ち着かない気持ちでいたのに、ルネサンスという一言が杏の心に火をつける。

「ボルジア家のチェーザレだけじゃない。かのフランス皇帝ナポレオンにも砒素で暗殺されたという説がある」

「チェーザレ……」

聞いたことがあるような、ないような。

「女好きで品行の悪さに定評のある教皇アレクサンデル六世の息子」

「……なんかすごい評価の人物ですね」

「この教皇と対立して、破門の憂き目にあった修道士をサヴォナローラというのだけれど……覚えているかな、君」

「サヴォナローラ……？　――あっ、ダンテスカとよく似た椅子の？」

以前にちらっと聞いた覚えがある。

（意外なところで繋がった！）

密かに感動する杏に笑って、ヴィクトールは話をナポレオンに戻す。

「ナポレオンの死因については、違う説が支持されているよ」

　イタリアからフランスにまで毒の話が飛んでしまった。

「ところでこのナポレオン統治時代だけれども。在位中の一八〇〇年代に生まれ、流行した様式をアンピールという」

「……アンピール？」

「うん。『帝政』、『帝国』を意味するフランス語。英語ではエンパイア」

「そのまんまの様式名ですね……！　ナポレオン本人を示しているみたいな」

「そうだよ。ナポレオンの様式だと言っても大げさではない。このナポレオンの肖像画を知っている？　玉座に座っているやつ。Ｎのマークが入った丸形の背もたれに、象牙を飾った肘掛(ひじか)け。豪奢(ごうしゃ)な椅子だ。機会があったら肖像画を見てみるといいよ。非常に重厚で美しい椅子だから」

　知らない。

　というより話の運びがすごい。毒からボルジア家に飛んでサヴォナローラを巻き込み、そしてナポレオンと来て、次になにが出てくるかと思えば再び椅子の話に着地する。

（ヴィクトールさん、椅子に絡む話は本当に詳しいな……）

　椅子関連の物事に対する探究心が突き抜けているというか。

　ダンテスカという名の椅子に関しては前に店で色々とあったので、記憶に新しい。こうなると、その椅子と似ているサヴォナローラの背景も知りたくなってくる。

(椅子にまつわるドラマのおもしろさに、ハマってしまった……)

感慨に浸る杏に情熱を宿した目を向けて、ヴィクトールは微笑む。ここで言う情熱は、もちろん椅子へのものだ。

「アンピール様式の特徴はね、重厚でありながらもシンプル、そしてシンメトリーであることだ。それから、古代ローマやギリシャ時代の特徴を取り入れている。これは建築物に限らず椅子の装飾にも用いられているよ」

「へえ……。あの、皇帝の在位はどのくらいですか?」

私の在位よりも長いのか、と杏はちょっと気になった。

「だいたい十年かな」

ヴィクトールが視線を上に向けて、思案の顔になる。

「あぁ、クイーン・アン……、君の在位と同じくらいか。少しだけ君のほうが長いね。微々たる差だけれども」

「ふ、ふうん……別に気にしてませんけれども。ちなみにヴィクトリアは?」

なぜだろう、ヴィクトリアに負けてはいけないという闘争心が湧いてくる!

「呼び捨てか。ヴィクトリア女王は長いよね。六十年は超えるはずだ」

負けた!

杏は敗北のショックをごまかそうと、意味なく髪の先をいじった。

「……私だって本当はそのくらい余裕でいけましたから。ただ早めに子孫に譲ってあげようと思っただけですから」

強がりなんかじゃありません、と言外に伝えたつもりだったが、ヴィクトールに笑われた。

「なんで張り合ってるの？　いや、子孫というけれども。君は、その――子沢山というかな、十七回くらい身籠もったんだが、残念ながら成人した子がいないんだよ」

「じゅっ、十七……⁉　どういうことですか」

悲劇的な話に、さらにショックを受けていると、ヴィクトールにそっと目を逸らされた。

「えっ、待ってください、成人した子もいない？」

ヴィクトールは気まずげに片膝を抱えて座り直す。「説明を求めます」と強い口調で杏が訴えると、彼は悲しそうに「世の中には伏せておいたほうがいいこともある。君のためだ」と言った。なんていうことだ。

「君という女王は、本当に波乱万丈の人生を送っているよね」

「波乱が私を手放してくれないんですよ」

「いや、自業自得な面もあるよ。君って、かなりの酒好きだったようで」

「私が」

「君が。……ブランデー・ナンと呼ばれるくらいに。晩年は歩行も困難になるほどの肥満体になったとか」

「私が⁉」

「君が。……崩御したのち、あつらえられた柩が正方形になるほどだったらしい」

「それ、実話です？」

「もちろん」

ヴィクトールは大真面目に肯定する。

どこから突っ込めばいいのかわからず、杏は絶句した。

医療が現代ほど発達していなかったであろう時代にそんなにたくさん妊娠して母体は大丈夫だったのか、とか、すごくがんばったのに我が子が全員自分より先に天国へ向かってしまったのか、とか。おまけに酒に溺れた果ての肥満って。異名までついているし。

（なにそれ、私の人生つらすぎない？）

杏があまりに茫然としたからか、ヴィクトールは珍しく気をきかせて早く話を変えようとした。

だがヴィクトールの親切は大概、ズレている。

「君、幼いクイーン二人とアン同盟を結んだんだろ。その子たちはままごとのような恋をしているんだって？」

「え、ええ」

まだ衝撃は去っていないが、かろうじて杏は返事をした。

(あとでアン女王の生涯を詳しく調べてみよう……)

そう決意する杏に、ヴィクトールが優しく言う。

「アン女王の人生にも深く関わってくる女性がいる。サラ・ジェニングスという幼馴染みだ。あとは姉のメアリ。こちらもいずれ女王となる女性だね」

「へえ!」

おぉ、女の友情物語かな。素敵な予感がする。

杏は気を取り直して、ヴィクトールの話に耳を傾けた。だが。

「アン女王はある意味、『女性運』もない人だった」

「え……」

あっという間に、暗雲が。

「姉と親友、どちらとも結局決裂してしまうんだよね」

困ったものだという顔をするヴィクトールを、杏は唖然と眺めた。

「他にも君に関わる女性がいるが、政治が絡むから当然、泥沼になる」

「ヴィクトールさん、追い打ち」

杏がぼそっと低い声で告げると、フォローになっていなかったと気づいたらしく、ヴィクトールは焦った表情を浮かべた。

「……その、なんだ。でもクイーン・アンの様式は日本にも影響を及ぼすほど素晴らしいものなんだよ」

「そんな取り繕ったようなお世辞、いらないです」

もうヴィクトールのフォローは信じない。

そういう据わった目で彼を見遣れば、得意げな表情が返ってくる。

「お世辞じゃない。建築家の辰野金吾がデザインした東京駅は、なにを隠そうクイーン・アン様式だ」

「東京駅？　本当ですか？」

杏が身を乗り出すと、ヴィクトールは輝く笑みを浮かべてその美男子ぶりをここぞとばかりに発揮した。

「本当だよ。すごいじゃないか、君」

「や、やあ、それほどでもありませんが……」

ここで喜んでしまうから単純だと思われるのだろう。でも褒められると嬉しい……いや、杏が女王本人なわけじゃないのだが。なぜかここまでの話で、杏が女王みたいになっている。

「それに杏。ヴィクトリアの時代にだって有名な君がいるよ」

「有名な私？」

どういう意味かと思って見つめ返す杏に、ヴィクトールが小さく笑う。美男子にふさわしいきらきらした笑顔はもちろん魅力的だけれども、こういう、少しからかいを含んだ微糖の表情のほうが杏は好きだ。

「赤毛の君」

「いえ、私、赤毛じゃないですが……あっ、わかりました」

赤毛のアンのことか！

杏は感心した。様々な時代に『アン』が生きている。

部屋を訪れた時とは打って変わって穏やかな気持ちでヴィクトールと別れたあとのことだ。

杏の部屋は同じ階だが、隣り合ってはおらず、通路を挟んだ向かい側にある。ヴィクトールの部屋はエレベーターに近い303号室。杏のほうは通路の中間寄りの325号室だ。

自分の部屋へ戻ると、杏はまずユニットバスの洗面台の棚を確認した。本当にピンクソルトが置かれているのか確かめたかったのだ。

「……ある」

杏はそこに鎮座するソルト入りのボトルを手に取り、項垂れた。

あった。ありました。

「私の記憶力……」

思い返してみれば、最初に部屋に入った時、ユニットバスの中もひと通りチェックしている。

ということはその時ボトルも目にしていたはずなのだ。なのに、ちらとも思い出さなかった。

無意識にその存在を排除していたらしい。

自分のダメさに落胆（らくたん）しながらも、杏はふと考える。

（今更だけれどヴィクトールさん、かなり強引に毒薬話のほうに舵（かじ）を取ってパワハラ発言から私の意識を逸（そ）らそうとしていたな）

その思惑（おもわく）にまんまと引っかかってしまった。

単純すぎる自分をどうにか変えたい。さらに落ち込みつつも、杏はソルト入りのボトルを持つ手に力を入れ、唇をもにょもにょと動かした。

（でもヴィクトールさんに、なんかすごいことを言われた気がする）

時間差で頬が燃えてきた。普段の彼は、杏をまったく意識していない。なのに不意打ちで過激な言葉を落としてくる時がある。そういう状況に直面するたび杏は呼吸が止まりそうになる。

「これってやっぱり、恋なのかなあ」

……独白して、杏はひたすら照れた。

もう意地を張らずにここらで降参したほうが楽になれるんじゃないだろうか？

悩みどころだ。自分の性格上、この甘くて苦い感情にはっきり恋と名付けてしまうと、ヴィクトールの顔をまっすぐに見られなくなる気がする。会話もまともにできなくなりそうだ。

想像するだけで頭に血がのぼり、じっとしていられなくなった。ソルト入りのボトルを意味もなく両手でシェイクし、気分を落ち着かせる。

（どうしたらいいんだ、私……！）

恋に適した相手ではない。けれども恋は幸いなものだと、この地まで杏たちを導いた望月(もちづき)晶(あきら)の霊が言っていた。彼の恋は、死んだあとでも星のように輝き続けている。

(それに、都合のいい相手だから好きになるわけじゃない)

杏は、はーと深く息を吐き、ソルト入りのボトルを抱きかかえた。

これも今更の感慨(かんがい)だが、晶の死体をよく発見できたものだ。このホテルに自分がいることも不思議で、なんだか現実感が薄い。夢の中にいるようなふわふわした気分がずっと続いている。酔(よ)っている状態でもあるような。息をつく間もなく非現実的な出来事が連続で発生したため、感覚が少々麻痺(まひ)したのかもしれない。

ヴィクトールは、こうやって一緒に遠い町まで来て、なかなかない体験をしたことをどう思っているのだろう?

のろのろとソルト入りのボトルを棚に戻した時、館内着のポケットの中に入れていたスマホが着信音を響かせた。自分の考えに没頭(ぼっとう)していたので、杏はその音に驚いた。

慌てて電話に出れば、相手は雪路(ゆきじ)だった。

「もしもし?」

『うおお、出た。今話しても大丈夫? 俺です、島野(しまの)ですが』

「雪路君! さっきは通話の途中で切ってごめんね」

杏はスピーカー設定に切り替えながらスマホを持ってユニットバスを出て、ベッドに腰かけ

た。スマホもベッドの上に置く。

ヴィクトールの部屋と作りや広さは同じだが、家具の位置は鏡合わせにしたように逆だ。

――と、余計なことを思い出してしまったせいで、またも鼓動が速くなってきた。

これはだめだ。やっぱり恋と思わないほうがいい！

『高田(たかだ)さん、先ほどの会話について、少し質問させてもらってもいいですか』

妙に堅苦しい雰囲気(ふんいき)の問いかけに、杏は我に返る。

「いいよ。ってなぜ敬語」

『俺の勘違いだと思うけれども、さっきの電話でさ、「毒薬持っている」って言われた気がするんだよね』

聞かないでほしかった。

「……。うん、勘違いじゃないかな……？　ええと、そう、特急。毒薬じゃなくて特急だ」

『特急』

「特急待っているから、って、言ったかな、私……。もう詳(くわ)しく覚えておりません」

『なに？　特急に乗って別の場所へ移動する予定だったのか？』

信じていない口調で雪路に聞かれた。杏自身、無理があると痛いほどにわかっている。

「その予定、のような、違うような……」

『どっちだ』

「ほら、予定は未定だから。特急は忘れよう！　私、過去は振り返らない主義です」

ごまかすの下手すぎか、私。

電話の向こうの雪路が気を遣いすぎて無言になったじゃないか。

（ヴィクトールさんのようにぐいぐい抉ってこられるのもつらいけれど、雪路くんの生真面目な優しさもきつい……）

不器用にフォローされて新たな傷を負うくらいなら、いっそ自爆を選ぶ。

「色々あってね。お風呂用のピンクソルトを毒薬と間違えて恐怖に取り憑かれ、寝ていたヴィクトールさんを叩き起こしてきたところです。覚えておいででしょうか、電話での私の取り乱しぶりを……」

一拍後、雪路が、んっと笑いを堪えるように喉を鳴らした。

「そしてピンクソルト毒薬事件と命名されました」

『もういい、杏。すげえがんばったことは伝わったから、それ以上ぶっこんでくるな』

「今笑ったよね、雪路君」

また、んんっと悶えるような声が聞こえてくる。

杏だってこれが自分のことじゃなかったら、塩と毒薬を間違えるなんてそそっかしいと笑っただろう。

『……や、笑ってねえよ。この真面目な顔を見ろよ』

「見えないから」

無茶ぶりされた。

『根性の力をフルに使って、視力に距離と障害物を乗り越えさせろ』

「根性のポテンシャルすごすぎない？」

なぜそんな体育会系のノリ。

杏も少し笑った。雪路の冗談のおかげで肩の力がいい具合に抜ける。

『やべえ俺、これから塩を見るたび、毒薬か、って突っ込むわ』

「私の黒歴史は忘れてあげてください」

とうとうごまかすのをやめたらしい。雪路が声を上げて笑う。

『寝起きのヴィクトール、機嫌悪いだろ。めちゃくちゃ嫌み言われたんじゃねえ？』

「手加減なしで精神攻撃されました。パワハラ上等みたいな感じで――」

と、勢いよく説明する途中で杏はヴィクトールのアウトな発言を思い出し、顔を覆った。恥ずかしさが波のように身を襲う。

『あぁ想像がつく。ヴィクトールは言葉がきつい時があんだよなあ。とくに寝起きは皮肉がキレッキレなんだよ。こっちに戻ったら俺が叱っておいてやる』

「ハイ、アリガトウゴザイマス」

『なんでロボットみたいな返事になってんだ』

雪路の親切な言葉がざくざくと胸に突き刺さる。

『で、肝心の質問なんだけれどさ。……目的のブツは見つかったのか？』

怖々と問われたので、杏のほうもつられて小声になる。ベッドの上で正座する。

「見つかりました」

『マジか！　すげえな……！』

と、感嘆の声を上げた直後、雪路は不自然に黙り込んだ。

どうしたのかと首を傾げていると、電話の向こうからごそごそと身じろぎする音が聞こえてくる。ああ雪路も正座したんだな、と杏は察した。

『なあ、気のせいか、杏の、というより俺らの霊感増してない？』

改まった口調で指摘され、杏は言葉を失った。

『俺らってこの先、無事に生きていける……？』

「それは言っちゃだめなやつだと思うよ、雪路君」

杏も薄々懸念していたことだ。

『いや、だってさ！　杏に電話したのもちょっと気になることがあったからだしさあ』

「その先を聞くのが怖いです。あ、私、用事ができたので、この辺で」

電話を切ろうとしたら、雪路の必死な声に止められた。

『一人で抱え込むの怖えから聞いてください。杏たちの泊まるホテルを予約したのは俺なんだけどさ。大丈夫かな、ちゃんと到着したかなと心配になって、ネットでもっと詳しくホテルのことを調べようとしたら』

「待って聞きたくない」

杏はベッドの上に正座したまま、上体を倒した。猫でいう、ごめん寝の姿勢だ。

しかし雪路は、口を閉ざしてくれなかった。杏を恐怖の道連れにする気だ。

『ホテルのサイトに全然アクセスできないんですけど……。つか、ホテルの電話自体繋がんねえし……』

……そこまで言うなら、こっちも雪路を道連れにしよう。

杏はのろのろと上体を起こし、スマホを見据(みす)えた。

「雪路君、そんなに私たちがこっちへ到着した時に起きた怪奇現象について聞きたいの？　私たちは現在、そのホテルには泊まっていません。なぜかというと、これにはホラーな理由が」

『いやいい！　言わないで！　あーそうだそうだ杏！　数日でこっち戻ってくるんだよな！』

雪路が声を震わせたので、許してやることにした。でも工房に戻ったら、聞かせよう。

『親とかに連絡はしなくて大丈夫なのか？』

何気なしに聞かれ、杏は少し口ごもった。それから明るい声を出す。

「大丈夫だよ、うち、放任主義なんだ」

『へえ……。いいな、それ』

雪路はとくに疑う様子もなく、素直に羨む。

「うん、こういう時、助かる」

答えながら杏は、強張る頰を指先で静かに撫でた。


雪路との電話後、杏は館内着を脱いでノースリーブのワンピースにサマーカーディガンという恰好になり、貴重品を入れたショルダーバッグを肩にかけて部屋を出た。

波立った気持ちを静めるため、ホテルの周辺を散歩しようと思ったのだ。

エレベーターで一階まで下り、無人のフロント前を通る。その流れでロビーに目を向け、杏は足を止めた。

黒いゴスロリワンピースのアンナが退屈そうにソファーに座っていた。彼女のそばに里江子の姿はない。

杏の視線に気づいて、アンナがこちらに顔を向け、ぱっと笑みを作る。

「杏！　どこへ行くの？」

目の前まで駆け寄ってきたアンナが尋ねてくる。

休憩スペースでおしゃべりしていた時に見せた、どきりとするような仄暗さを今は感じない。

それに胸を撫で下ろして杏も笑いかけた。

例の『毒薬』のことが脳裏をよぎったが、他人の目がある場所で不用意に口にしないほうがいいだろう。アンナのほうも自らその話題に触れる気はないらしく、明るい表情で杏の返事を待っている。

「せっかくだし、この辺をちょっと歩いてみようと思って。……アンナちゃんはまだ家に帰らないの？」

問いかけながら、心配になる。

すでに夜の九時すぎだ。小学生が出歩くには遅い時間に思える。彼女の親はこの状況を把握しているのだろうか。

「私も帰るところだよ。お父さんね、いつもこの時間まで工房に入っているんだ」

「そうなんだ。アンナちゃんのお父さんは木工職人なんだよね。じゃあ今からそこに行くの？」

杏は納得し、しんみりと尋ねた。父親の仕事が終わるまでホテル内で時間を潰しているのだろう。

父親の事情はわかったが、なら母親のほうはどうなのだろうか。いくら父親を待つためとはいえ、アンナが一人で外へ出ることを許すだろうか。

たとえば母親のほうも夜勤で不在とか。片親という可能性もある。

（気にはなるけれど、今日知り合ったばかりで家庭事情を詮索するのもなあ……）

といっても、このまま放置もできそうにない。

「ねえアンナちゃん、もしよかったら工房まで送らせてくれる？　散歩がてら、ホテル周辺の道を覚えたいんだ」

「いいよ！」

杏は、彼女の快活な返事を聞いてほっとした。

アンナと並んでホテルを出ながら尋ねる。

「里江子ちゃんはもう家に帰ったの？」

「うん。九時で里江子ちゃんのお母さんの仕事、終わるんだ」

なるほど。想像するに、少女たちの親は互いの子どもが一人ですごすよりはまし、と考えてこの時間までともに遊ばせているのではないか。そしてホテル側も彼らの家庭事情に理解を示し、黙認している。

「ホテルのまわりって、細い坂道ばっかりなんだよね！」

アンナが時々スキップしながら説明する。

確かに道が狭い。一車線で、左側には木々が並び、右側には歩道がある。その向こうには工場や駐車場、田畑などが見える。杏たちは歩道ではなく車道の真ん中を進んでいた。この時間になると滅多に車が通らないので、平気なのだとか。

「坂道を下るとコンビニがあるよ。もう少し行けばスーパーも」

「お土産屋さんもある？」

「うん。でもあんまり期待しないほうがいい！」

正直な感想に、杏は苦笑した。

ホテルは住宅街から離れた小高い場所に建っている。街灯が一定間隔で並んでいるが、それでも周囲には人気がなく静まり返っているので、夜間の一人歩きは少々躊躇われる。

「アンナちゃん、毎日ホテルからお父さんをお迎えに行くの？」

ちょっと危険じゃないだろうか……と心配になって尋ねると、アンナは少し考え込む顔になった。

「うち、お母さんいないし。家にいても一人だもん、つまんないよ。ホテルだったら里江子ちゃんと一緒に遊べるでしょ」

「そ、そっか」

杏はしどろもどろになって答えた。やっぱり事情があったようだ。

「なーに、杏。ひょっとして夜道が怖い？」

うろたえる杏に気づいて、なにか誤解したらしい。

アンナがにやりとして、お姉さんぶった口調で言う。

「ね、いいこと教えてあげよっか？」

……こういう時に使われる『いいこと』って、大抵はその逆で『よくないこと』だ。

「杏たちってちょうど二部屋キャンセルが出た時に、三日月館に飛び込んできたんでしょ？」

よくご存じで。……そういえば杏とヴィクトールは、ホテルスタッフの間で噂になっていたのだったか。

「どうして急にキャンセルが出たか、フロントで理由は聞いた？」

「聞いてません……」

杏はか細い声で答えた。嫌な予感しかしない。

「予約を入れていた客って、一人は大学生で、もう一人は三十代の男性だって」

「ふ、ふうん」

「でもね、三日月館に来る途中でね、玉突き事故があったの。それで二人とも病院に運ばれたんだよ」

「――事故？」

無意識に杏は足を止めた。数歩先に行ったアンナも立ち止まり、くるっとこちらを向く。

「意識不明の重体で、一人は翌朝死んじゃった」

アンナが、不幸な話をしているとは思えない軽い口調で言った。その朗らかさが逆に不気味だった。

杏は絶句した。血の気が引くのが自分でもわかる。

夜の気配が急に深まった感じがした。じっとりと湿っていて、息苦しい。

周囲には誰もおらず、ジジ……と時折街灯が点滅する。その明かりの下に佇む、妖しい微笑の少女。なんだかすべて、現実のものではないように杏には思えた。

「その事故で他にも数人死んだの。悲しいよね」

アンナに見入ってしまい動けずにいたが、目の前を、羽音を立てて蛾が横切ったことで杏は我に返った。

「――なーんて、冗談！　信じた？」

アンナが、ぱっと雰囲気を変え、はしゃいだ声を上げる。

「え……えっ⁉　今の作り話なの？　わ、笑えないからね⁉」

杏が悲鳴のような声を上げると、アンナはけらけらと笑った。

「だって杏が怖がっていたからさぁ、からかいたくなったんだもん」

「ほんとそういう嘘だめだと思うよ！」

心臓の音がまだ激しい。冗談だとしても、質が悪い！　――本当に冗談だよね？

「ほら、もうちょっとで工房だよ。ホテルの坂道、そんなに長くないんだ」

色々お小言を言いたいところだが、アンナの説明通り、坂道はあっという間に終わった。といっても、坂の下の景色もホテル周辺とさほど変わりがない。静かで、車もろくに通らない。木々に囲まれた護国神社があり、そこから離れた場所に焼肉店や蕎麦屋などが建っている。

「工房は蕎麦屋さんの前の道をまっすぐ進んだ先にあるよ」

驚かせた詫びも兼ねているのか、工房に着くまでの間、アンナは道沿いにある店について丁寧に教えてくれた。ただ、時刻が遅いため、大半の店はシャッターを下ろしている。

「ここ！　到着！」

アンナはそう言うと、一階建てのプレハブ小屋の前で足を止めた。外観は、ヴィクトールの工房とよく似ている。屋根は赤い。隣に、未舗装の広い駐車スペースが設けられている。

杏たちが工房の入り口に近づくと、ちょうど室内の電気が消え、男が一人、引き戸を開けて外へ出てきた。

三十代の、頭にバンダナ代わりのタオルを巻いた長身の男だった。恰好は、タンクトップに黒いオーバーオール。足元はブーツだ。

「パパ！」とアンナが嬉しげに大きな声を出し、その男に駆け寄っていく。

男はアンナを見下ろして頬をゆるめたあと、杏の存在に気づいて不思議そうに軽く頭を下げた。

杏も二人に近づき、会釈する。

「こんばんは。私、ホテル三日月館に泊まっている高田杏といいます。そちらでアンナちゃんと会って、お友達になってもらったんです」

「杏がね、ここまで送ってくれたの！」

不審者に思われたらどうしようと内心焦ったが、アンナが無邪気に援護する。

「こらアンナ、お姉さんを呼び捨てにしちゃだめだろ！　……すみません、自由な子でして」

警戒する必要はないと判断してくれたのか、アンナの父は自然な笑みを見せた。一重の目が凛々しい、なかなかのイケメンだ。娘のアンナはくりっとした目をしているので、顔立ちは母親に似たのかもしれない。

「娘を心配して送ってくださったんですね、ありがとうございます」

「いえ、そんな」

「家で待っていろと何度注意しても、まったく言うことを聞いてくれなくてね……」

困った顔をする父親に、アンナは「知らなーい」と横を向いて言う。

「これですよ。ホテルにこの子の友達がいるものだから、つい甘えてそちらで預かってもらう感じになっていまして——ああ、申し遅れました。俺はアンナの父の、堂本亮太です」

杏たちはもう一度ぺこりと頭を下げ合った。

「この上の坂道を通ってきたんですよね？　人気がないので、女性一人だと不安でしょう。ホテルまでお送りしますよ」

亮太は気を遣ってそう言ってくれたが、アンナをまたホテルへ行かせるのは心苦しい。

「私は大丈夫です、散歩を兼ねてアンナちゃんと歩いてきたので」

しかし、とためらう亮太に、杏は笑いかける。

ゆっくり歩いたって十五分程度の距離だ。迷うこともない。

「もしよければ、日中にでもこちらの工房にお邪魔していいですか？」

「それは、もちろん！　ひょっとして木製品に興味がおありですか？」

　亮太は顔を輝かせた。

「うちは木製の玩具や雑貨、スツール、小型家具なんかを作っているんですよ。木製品の製作体験もしてますんで、一度やってみませんか」

　熱意たっぷりに誘われて、おぉ、と杏は驚いた。どこの職人も本当に木工が好きらしい。

「はい、是非体験したいです」

　そこで体験教室の開始時間や製作できる物の種類を詳しく聞き出す。ついでにこの周辺の観光スポットも尋ねたりと、しばらく話し込んでしまったせいで、退屈を覚えたアンナが膨れ始めた。それを見た亮太がこちらに謝罪し、「では、明日お待ちしています」と言ってアンナと手を繋ぐ。

　月をライト代わりに立ち去る二人の姿を眺めたあと、杏もホテルへ戻ることにした。


　アンナの父の亮太には一人でホテルへ戻れると見栄を張ったが、いざあの坂道を一人で歩いてみると、これがなかなかに不気味でぞっとする。

自然と早足になり、三日月館に到着する頃には全身うっすらと汗ばんでしまっていた。

部屋に入ると、無意識に溜息が漏れた。

着替える気力もなく、バタッとうつ伏せにベッドに倒れ込む。

(疲れたー……。精神的疲労が原因って感じがする)

——何分くらい、だらだらしていただろうか。

突然、ガチャッとドアノブが回るような音が響いた。

眠りかけていたせいか、最初はそれが自分の部屋の扉から聞こえる音だとは思いもしなかった。隣部屋の宿泊客が戻ってきたのだろうと、夢うつつの状態で呑気に考えた。

ところが、再びガチャッと音が響く。

そこで杏はようやく違和感を覚え、瞼を開いた。うつ伏せのまま顔のみを扉があるほうへ向けるが、ユニットバスのスペースが邪魔だった。ベッドの位置からではそちらを確認できない。

再三、ガチャッと音が鳴る。

(……この音、私の部屋の扉から聞こえてる?)

杏は息をひそめて、身を起こした。

ガチャガチャガチャ、と音は次第に激しく、乱暴になっていく。まるで誰かが力尽くで扉をこじ開けようとしているみたい。そう気づいて杏は胸が冷えた。

ここでふいに脳裏をよぎったのは、室井の話だった。ホテルの混雑を利用して窃盗を働く者がいる。じゅうぶん気をつけないと——。

胸の前でぎゅっと拳を握り、杏は床に足を下ろした。ワンピースの裾を直して、怖々と扉のほうへ近づく。ナイトランプだけじゃなくて、明かりをちゃんとつけていればよかったと心底後悔する。室内は薄暗く、また、妙に肌寒く感じられる。

その時、急にノブを回す音が途絶えた。杏は忍び足でさらに扉へ歩み寄り、息を呑んだ。

ドアノブが、外れている。

それがあったはずの場所に、ぽっかりと丸く穴が空いていた。通路の明かりがそこから入り込み、床をぼんやりと照らしている。

(なんで——)

杏は茫然としながら、その穴に引き寄せられるかのように近づいた。

身を屈め、息を止めてドアノブの穴を覗き込み——。

「ひっ」

ぎょろりとした目が、杏を見た。

扉の外から、誰かが部屋を覗き込んでいる。

杏は大きく仰け反り、その場に尻餅をついた。

「——ここ、俺の部屋ですけどぉ」

ドアの外から若い男の声が聞こえてくる。

「勝手に入るなよ、俺の部屋なんだよぉ」

「え、あっ……、ち、違う……」

「扉を開けろよ、俺は眠いんだよ、休みたいんだよぉ」

にゅうっと、蚯蚓(みみず)のような動きで人差し指がノブの穴に侵入する。部屋を血走った目で覗き込みながら、指をぐねぐねさせている。

「開けろよ、開けろ、疲れてんだよ、眠らせろぉ」

「──部屋を！　まっ、間違っていますよ……!!」

杏は恐慌状態の中で声を張り上げた。

「あなたの部屋じゃない！　帰って!!」

お願い、と胸中でも叫ぶ。

「早く帰ってよ!!」

──そして杏は、その自分の叫び声で、はっと目を覚ました。

弾(はじ)かれたように身を起こせば、そこは自分が借りている部屋のベッドの上。ヘッドボードにある時計は九時四十九分を示している。杏が部屋に戻ってきてから五分も経(た)っていない。

(私、数分眠っていた？)

しばらく茫然としてからベッドをおり、部屋の扉を確かめる。

ドアノブは、きちんとあった。外れているわけがなかった。

（夢――）

だがそうとわかっても、心臓は恐怖で縮み上がったままだ。

すっかり目が冴えた。杏はショルダーバックを手に取り、急いで部屋を出た。

ヴィクトールのところへ行きたかったが、さすがに二度も突撃するわけにはいかない。しかも今回は、ちょっと悪夢を見て怖くなったから、という子どもっぽい理由なのだ。

彼を訪れるのはあきらめ、三階の非常階段側にある休憩スペースへ足を向ける。

ラウンジのほうは他の客が使用していたためだ。

三階の休憩スペースにも、二階同様に女王の椅子三脚とアンティーク調の鏡が壁に取り付けられている。

エレベーターのあるラウンジ側に比べて少々暗いからか、こちら側に客の姿はない。杏は真ん中の椅子に腰を下ろし、軽く息をついた。

悪夢がもたらした恐怖をごまかそうと、意味なくショルダーバッグを開ける。そこでふと、財布が目に止まった。

（そうだ、確かここに――）

カード入れの部分に挟んだ二つ折りのメモを引っぱり出し、それを複雑な思いで広げる。

杏は、じっとそのメモを眺めた。早鐘のようだった心臓の音が、少しずつ落ち着きを取り戻す。

メモには、なんてことのない事務的なメッセージが記されている。

『お疲れさまです、来週八日の二時〜三時に＊＊社のデザイン企画部と打ち合わせの予定です。延期を希望でしたら今月、八月末の三十一日でお願いしたいと思います。早めにご連絡ください』

——気は紛れたが、違う意味で杏は憂鬱になった。

なぜなら、この簡素なメッセージが、杏と母親の関係をぎこちないものに変えてしまったためだ。メモを捨てられずにこうして持ち歩いているのもそれが理由だった。

普段は思い出さないのだが、きっと雪路との会話が尾を引いているのだろう。

雪路には「放任主義だから大丈夫」と伝えたが、事実とは少し違う。実際は母に、友人と旅行に行くと嘘をついている。

そしてたぶん、母は杏の嘘に気づいている。それでも見て見ぬ振りをして、今回の旅行を許可してくれた。杏に無関心なのではない。旅行の話を切り出した時、嫌われたくない、刺激したくない、という消極的な思いが透けて見える目を母はしていたのだ。もうずっとそんな目を杏は向けられている。

杏だって、決して母が嫌いなわけじゃない。

けれども一度ぎくしゃくしてしまった関係は、簡単に元に戻せるものではなかった。

——だいいち杏には未だ事情が飲み込めていないのだ。

二年ほど前のことになる。

このメッセージは杏が書いたわけではない。父の部下が家に来た時、落としたのを偶然拾っただけだ。返そうとすると、父の部下は「ああそれ。もう口頭で連絡したから、悪いんだけれど捨てておいてくれる？」と困ったように言った。そして捨てようとしたところを母に見つかった。たったそれだけだった。

ところが母はこのメモを見て、烈火の如く怒った。

その日以来、父の部下を徹底的に嫌うようになり、杏にも近づくなときつく命じた。理由を聞いても答えてもらえず、杏は不満に思った。

でも、と考えることがある。

父の部下は、二十代半ばのきれいな女性だ。といっても上司に媚びるようなタイプとは違う。仕事の関係で家を訪れた際は、普通に友好的な態度で杏の相手をしてくれた。父に対する点数稼ぎには思えなかった。ちょうど杏は受験を控えていた時で、空いた時間に勉強を見てくれることもあったのだ。だから杏は純粋に、美人で親切な年上の女性、という認識で彼女を見ていた。

しかし母の目には違って見えたのかもしれない。

父と彼女が男女の関係にあると疑っていたのでは、と思うのだ。

杏が捨てようとしたこのメモの文字が彼女のものだとわかり、逆上したのではないか。秘密のメッセージが書かれているに違いないと疑心暗鬼になって。

　杏はどうしても父と彼女が人に言えないような仲だとは思えなかった。自分にできることはあるだろうかと悩んでいるところに突然行動を制限され、母に理不尽な思いを抱いてしまった。その頃から母は父とも口論する機会が増え、家の空気は瞬く間に悪化した。離婚は避けたが別居状態になって、杏は母とともに祖母の家に引っ越しするはめになった。

　それらが積み重なった結果、杏までも母との関係がこじれてしまったのだ。穏和な性格の祖母がいなかったら家の中はもっと息苦しい場所になっていただろう。

　もとの家に残っている父とも、杏はなんとなく連絡を取れずにいる。万が一、母の疑念が正しかったらと思うと、父と話すことに躊躇してしまうのだ。

　でも杏が思い切って両親の仲を取り持つべきだろうか。それは藪をつつくことにならないだろうか。

　あれこれ悩んでは袋小路に入ってしまい、やがて杏は深く考えることをやめた。バイトをしたいと望んだのだって、あまり家にいたくなかったからだ。

（どうしたらいいのかなあ）

　たとえば。本当はバイト先の男性オーナーと一緒に旅行に出掛けた、と正直に告白したら母は怒ってくれるのだろうか？

　もしも目を逸らして話を流されたらと思うと、やりきれない気持ちになる。

杏は溜息をついてメモを財布に戻し、バッグにしまい込む。悪夢による恐怖は完全に去ったが、気分は沈んだままだ。

もう部屋に戻ろうか。

そう思って立ち上がった時、壁の鏡が視界に映った。

動かしかけていた足を止め、杏はまじまじと鏡を見た。

顔の高さに取り付けられた鏡には、通路が映っている。ずいぶんと薄暗い。角度が悪いせいだろうか。

不思議に思って見つめていると、鏡に映る暗がりの奥から少女がゆらりと姿を見せた。里江子だろうかと思ったが別人だ。服装も、髪の長さも。

その子は靴を履いていなかった。泥だらけのスカートだった。髪も、顔が見えないほど乱れていた。

鏡に映る通路の真ん中で、少女は足を止めた。それからゆっくりとこちらへ近づいてくる。

(なにか、変だ)

なぜ杏の姿は映らないのだろう?

ぞっとしながら杏は振り向いた。

鏡に少女が映っているのなら、通路にその子の姿があるはずだった。

しかし、誰もいない。暗がりがあるだけだ。

視線を鏡に戻し、杏は喉を震わせる。

鏡の中にいる少女が、こちらへ向かって駆け出していた。

もう一度通路を振り向く。やはり無人だ。

また鏡に目を戻せば、少女はずいぶんと近づいていた。ずんずん杏のほうへ迫ってくる。

その鬼気迫る様子に、戦慄が走る。ああいけない、目を逸らさなきゃ。早くしないと。そう焦りは募るのに身体が動かない。

少女は駆け寄りながら、顔を上げた。なにかを言っているようだった。いや、悪意にまみれた黒い目で笑っていた。

そして、杏が息を呑み、瞬きした直後。

まるで窓ガラスにべったりと張り付いているかのように、少女は鏡に顔を押し当てて、こちらを覗き込んでいた。頬は泥で汚れ、髪ももつれて、べたべただった。両目は白く濁っていた。

「――」

杏は、頭が真っ白になった。

「――杏?」

突然背後から呼びかけられ、杏は悲鳴を上げて勢いよく振り返った。

後ろにいたのは泥まみれの少女――ではなくて、こちらの大仰な反応に怯えたヴィクトールだった。

「なんだ君。声をかけただけで叫ぶなよ」

「——ヴィクトールさん！」

杏はなりふり構わず、動揺しているヴィクトールに飛びついた。「な、なに⁉」と身を引こうとするヴィクトールの手を無理やり握って、力強く訴える。

「ソルトのお風呂、入りましょう」

「はっ？」

「今すぐ！　全身塩漬けにしましょう！」

「なぜ⁉　俺はただ、君がどうせまたおかしな騒動を巻き起こすんじゃないかと思って探しにきただけで——腕を引っぱるな、待て」

「待てません」

背筋のぞくぞくがとまらない。

どこから夢で、どこから現実？

このヴィクトールは、本物？

「君、やっぱりまたなにか奇妙な体験をしたな⁉　もう嫌だ、俺は部屋に戻って寝る」

「その前に塩風呂です。……ヴィクトールさんも入ったほうがいいです。今後のためにも……！」

杏は、今にも死にそうな顔をするヴィクトールの手を握り直して、通路を進んだ。もうどんな場所に行こうとも霊障に遭うのはしかたがない。たとえ感傷に浸っている最中であろうと、恋している最中であろうとも、霊はちっとも遠慮などせずやってくる！

でも怖いものは怖いから、徹底的に身を清めてやる。


その後、杏が鏡の中になにを見たかを知っておとなしくなったヴィクトールと交互に塩風呂に入った。

ヴィクトールが一人になるのを嫌がったので、彼の部屋で。

とんでもない真似をしたと気づいたのは、ずっとあとになってからだ。この時は互いに真剣だったし、色っぽい空気にだって少しもならなかった。とにかく杏たちには塩の加護が必要だった。


だが、ピンクソルトには除霊効果があまりないのかもしれない。

なぜなら、さらなる怪奇現象が杏たちを待ち構えていたのだ。

5

除霊効果は期待できなかったものの、毒薬風呂自体は悪くなかった。血行がよくなり、身体もぽかぽかする。心なしか肌もすべすべになった気がした。

入浴後、杏はそんな考えを弄び、現実逃避していた。

幽霊目撃のショックで理性を吹き飛ばし、ついヴィクトールを強引に誘ってピンクソルトをたっぷり投入した風呂に入ってしまったわけだが、その後に訪れる気まずさをちっともわかっていなかったのだ。

最初に杏、次にヴィクトールと順番に入って現在、二人は並んでベッドに腰掛け、濡れた髪の毛を拭いたりミネラルウォーターを飲んだりしている。当然、会話はない。

（気まずい……）

杏は水気を含んだタオルをぎゅっと握り、心の中で呻いた。

なんだかまるで一夜の過ちでも起こしてしまったかのような重い空気が互いの間に流れているが、まったくもってそんな事実はない。すこぶる健全に——入浴の動機は別の意味で健全とは言いがたい気がするが――ソルト風呂に入っただけだ。

「ねえ。君さあ……」

ヴィクトールがふいに口を開く。

杏は内心どきっとしたが、表情に出さないよう気を付けて次の言葉を待った。

「俺は事情がわかっているから君の突飛な行動も受け入れられるけれど、そうであっても異性を軽々しく入浴に誘うような発言をするのは、さすがにやめたほうがいいんじゃない？」

ヴィクトールは溜息まじりに淡々と言う。

「はい、今後はこういったことがないよう十分注意し、意識の改善につとめたいと思います……」

杏はぼそぼそと力なく答える。

「なんでそんなビジネス仕様の口調になってるんだ」

呆れるヴィクトールを見て、杏はさらに項垂れる。

誰よりもエキセントリックなヴィクトールに「突飛な行動」だなんて窘められるとは。

だが彼の忠告はごもっともである。いくら除霊目的とはいえ、恋人でも家族でもない異性を入浴に誘うのは軽率にすぎる。

（冷静な指摘がまたつらい……）

自分の軽はずみな言動とヴィクトールの乾いた反応、その両方に杏は打ちのめされ、無言でタオルに顔を埋めた。羞恥に塗れて死にかけている心をどうやって復活させよう。

「君ってさ、目を離したわずかな隙にハプニングを呼び寄せるよな」

ヴィクトールは手の中にあるミネラルウォーターのペットボトルを軽く振りながら皮肉を言った。あからさまにしょげ返る杏を前にしても慰めることなく逆に追撃してくるあたり、いかにも偏屈なヴィクトールらしい。

「……私、思うんですけれども。やっぱりヴィクトールさんにも霊感が芽生えてきていますよね？」

杏は一瞬前の悔恨と羞恥を放り投げ、澄ました顔を見せる彼に反撃した。

「やめろ杏。言っていいことと悪いことがある」

「でも事実です。ヴィクトールさんの存在もハプニングの発生率を上げているんですよ」

きっぱり言うと、ヴィクトールは顔を歪めた。

「通路の鏡に少女の幽霊が映っていたという話だけでも死にたくなったのに、まだ俺を苦しめるのか？　だいいち霊感は開花するような類いのものじゃない」

二人はしばらく睨み合った。

先に口を開いたのは杏だ。

「……。鏡の中にいた幽霊はいわば、魚料理か肉料理なんですよ、きっと」

「なにを言っているんだ、杏」

ぐいと身を寄せる杏に、ヴィクトールは怖じ気づく。

「でもフルコースには魚料理とかの前に、前菜とスープが出るじゃないですか」

「本当になんのたとえをしているんだよ。いや、いい。説明しないでくれ。聞きたくない」

聞かせないわけがない。

杏は、立ち上がろうとしたヴィクトールの膝を両手で押さえ、逃亡を阻止した。

ヴィクトールが怯えた目付きで杏を見つめ返す。

「鏡の幽霊の他に、まだ話していないことがあるんです。まず前菜からいきましょう」

「いかない。そんな不吉な前菜はお断りだ」

残念ながら彼に拒否権はない。

「私、毒薬の話を終えてヴィクトールさんの部屋を出たあと、雪路君と電話したんですよ。そうしたらそこで新たな事実が発覚しました。……元々私たちが泊まる予定だったホテル、あるじゃないですか。雪路君もあそこに電話したんですって。ところが、繋がらなかったそうです。ついでにサイトのほうもアクセスできなかったらしいですよ」

「するなと言ったのになぜ説明した」

ヴィクトールが驚愕の表情を浮かべ、信じられないというように、弱々しく首を左右に振った。

（すみません、私は今とても八つ当たりをしたい気分……恐怖を分かち合いたい気分なんです）

杏は自分を偽らずに生きることを決めて、続きを話そうとした。

「次にスープ、いきます。気分転換にホテル周辺を散歩しようと外へ出たんですが、そこでちょっと怖い話を聞いてしまい――」

「ふざけるな、君。この話を聞き続けたら毒薬風呂へ舞い戻ることになるだろ！」

ヴィクトールは頬を紅潮させて怒ったように言うと、杏の肩を両手で摑んだ。

「これ以上強制的に聞かせるつもりなら、君を担いでユニットバスに飛び込んでやる」

少しの間、互いを牽制するように無言で見つめ合う。

その途中でふとヴィクトールの発言の意味を真剣に考えてしまい、杏はうろたえた。

「またパワハラ発言……」

「うるさい。パワハラ上等だ」

反論するヴィクトールの目が完全に据わっている。

この人、開き直った。

というよりは、杏がこれ以上恐怖の心霊体験を口にしないよう、自分の美貌をフル活用して止める気だ！

目論みに気づいて青ざめる杏を、ヴィクトールは優しげながらもどこか威圧感の漂う微笑を浮かべて見つめた。

「毒薬風呂の中でなら続きを聞いてやる。どうする？」

言い負かされた悔しさに唇を噛みしめつつも、杏は、慎んでその誘いをお断りした。

だが少しくらいは、やり返したい。

「……そうだ、お預かりしていたスマホをお返ししますね。もう大丈夫だと思いますよ。……大丈夫だと、いいですね」

杏は最後の一言を意味深に言うと、微笑みながら、塩漬けにしていたスマホを彼の手に握らせた。


ホテル三日月館滞在二日目。

ヴィクトールと妙な雰囲気で別れて部屋へ戻ったあと、杏はとくに霊障に悩まされることもなく眠りにつき、無事に朝を迎えた。……やっぱりソルト風呂には除霊効果があったのかもしれない。

今日は望月峰雄と「発見した晶の死体」についての打ち合わせをする予定だ。といっても彼と会うのはヴィクトールのみ。その間、杏は別行動を取るつもりである。

朝十時。杏たちはホテル内のレストランで遅めの朝食を摂った。

「――それで君はどうする？　望月峰雄との話し合いはそんなに長くかからないと思うが、部屋で待っているか？　それともホテル周辺の観光でもしている？」

　席についたのち、ヴィクトールが欠伸まじりに尋ねてくる。寝坊して鏡もろくに確かめずに来たらしく、耳の横にかかる髪に寝癖がついている。

　本日の彼の服装は、ボートネックの黒い半袖にライトグレーのパンツだ。杏はというとボーダーのトップスにネイビーのショートパンツを合わせている。髪は簡単にシュシュでまとめている。

「でもこの近くに、観光できるような場所があったかな……」

　ヴィクトールの言葉を聞きながら、杏はレストラン内をすばやく確認する。

　中途半端な時間帯ということもあってか、客の姿は少ない。隅のほうに三十代の男が一人いるだけだ。

　その男は杏の視線に気づいたようで、わざわざこちらを振り向いた。杏は慌てて視線を逸らし、眠たげな目をしているヴィクトールに向き直った。

「こら。人の話を聞いていたか？　君はどうするんだ？」

「──あっ、はい。観光はせずに、アンナちゃんのお父さんの工房へ行こうと思っています」

　杏が早口で答えると、水を飲もうとしていたヴィクトールが動きを止めて首を傾げる。

「工房？」

　聞き返すヴィクトールの声に、棘がある。

（あれ。昨日アンナちゃんたちの話をしたのに、もう忘れたのかな）

少し戸惑ったが、忘れたわけじゃないだろうと杏は考え直した。

ヴィクトールは人の名前を覚えるのが苦手なものの、杏の話を適当に聞き流すような真似はしない。むしろ話の細部にまで神経を尖らせてあれこれ憶測し、気疲れするタイプだ。

杏のほうが堂本アンナの父親の職業を話し忘れていたのかもしれない。

「アンナというのは、昨夜に君が知り合った幼いクイーンの一人だな？」

「はい、そうです」

うなずきながら杏は、なぜこの人は「またこの子は俺の知らない間にハプニングを誘き寄せたのか？」というような警戒する顔になるのかと疑問に思った。失礼な人だ。

「アンナちゃんのお父さん——堂本亮太さんが三日月館の近くに家具工房を持っているんです。坂道を下りた先にその工房があるんですよ」

「クイーン・アンナの父親なんて興味がないからどうでもいいよ。それより、なぜ君がその工房に行くことになった？」

水の入ったコップをテーブルに戻して問いかけてくるヴィクトールの目付きが、やけに厳しい。

「昨夜、ヴィクトールさんの部屋で一緒にお風呂——順番にお風呂に入る前に！　アンナちゃんともう一度会ったんです」

「待ってくれ。話の流れを整理したい。もう一度、ということは、安眠中の俺を叩き起こす原因となったピンクソルト毒薬事件後に、君は再びその少女とホテル内で会ったのか？　昨夜言っていた『前菜』のあとに？」

「……。そうです。雪路君との電話後、なんだか気分転換がしたくなったので散歩に行こうと思ったんです。それでホテルのフロントへ向かった時、ロビーにいたアンナちゃんと会いました」

「なんで昨日、それを伝えなかったんだ」

　しかめっ面(つら)をするヴィクトールに、杏は意識して優しく微笑む。

「言おうと思いました。でもヴィクトールに、『スープ』をお断りされてしまったので」

「昨日のことを根に持っているな？」

　ヴィクトールが気まずげな顔をしたのは一瞬だけで、すぐに反撃の姿勢を見せる。テーブルに両肘(りょうひじ)を乗せ、手を組み合わせて、これから愛でも囁(ささや)くかのように魅力的に笑いかけてくる。

「はじめに拒否したことは認める。でも、その後俺は『聞いてやる』と言ったはずだけど？　最終的に断ったのは君じゃないか」

　杏は昨夜のパワハラ発言を思い出して、ぐっと息を詰めた。頬が紅潮するのがわかる。

（この人も結構言うようになったなあ！）

　杏に対してずいぶん遠慮(えんりょ)がなくなった気がする。……だが、振り返ってみれば、最初から見栄っ張りで負けず嫌いな人だったか。セールで購入した杏のサンダルに本気の憎しみを向けてきたこともあるくらいだ。

赤くなって黙り込む杏を哀れに思ったのか――いや、次第に面倒臭くなってきたのか、ヴィクトールは少しばかり勝ち誇った顔をしながらもそれ以上杏をやり込めようとはせず、話を先に進める。

「それで、堂本アンナにロビーで再会し、工房に遊びに行く約束をかわしたわけか？」

「正確には、アンナちゃんを工房まで送った時に父親の亮太さんとお会いして、その流れで製作体験をさせてもらうことになったんです」

「はあ？」

なぜかヴィクトールはそこで大仰に眉を上げる。

杏はその他に、ホテルへ戻ったあとに見た不吉な夢……ドアノブの穴から誰かに覗き込まれる夢を見たことも言うつもりでいたのだが、急に不機嫌な表情を浮かべるヴィクトールに気圧され、口を閉ざした。

例の毒薬風呂に誘う際、鏡の中に少女の幽霊がいたという話ならしたけれども、ドアノブの悪夢についてはまだ伝えていない。これに関しては毒薬風呂後……『スープ』の話の時に言う気でいた。結局うやむやになり、今に至るわけだが。

（そういえば、ピンクソルト毒薬事件の前にあった不気味な電話の話もしていないや）

ヴィクトールの不可思議な反応に戸惑いつつも、自分が体験した一切合切をここですべて打ち明けておこうと杏は思ったが、どうもタイミングが合わないようだ。

再び口を開こうとしたら、注文していたパンケーキがちょうど運ばれてきた。ヴィクトールのほうはサンドイッチを頼んでいる。

(食べ終わってからでもいいか……)

それから二人はしばらく無言で朝食に手を付けた。

話を再開したのは食後の珈琲(コーヒー)が運ばれたあとだ。

「……望月さんとは、何時に会う予定ですか?」

杏がそう尋ねると、ヴィクトールはまだ不機嫌さが残る表情でこちらを見た。

「今朝方に『今日の午後二時には三日月館に到着する』というメッセージが入っていた」

「こっちへは飛行機で来られるんでしょうか?」

ヴィクトールはさらりと首を横に振り、「特急バスだと言っていた」と答える。

「釧路市(くしろし)に到着後はレンタカーを借りてこちらへ来るって」

「そうですか」

ならば杏は、昼頃にホテルを出て堂本亮太の工房へ向かえばいい。時間に余裕を持たせておけば望月峰雄と鉢合(はちあ)わせする心配もないだろう。

そう考えた時、もの言いたげにこちらをじっと見据えるヴィクトールに杏は気づく。

「……君、本気でその堂本亮太の家具工房に行くのか？」

先ほどは興味がないと素っ気(そけ)なく退けていたのに、今はずいぶんと深刻な顔つきをしている。

「行きますけれど……昨夜堂本さんと話をした時に、私のほうからお願いしたんです。開始時間は午後一時からなので、少し早いけれどお昼になったらあちらへ向かおうと思います」

杏の返事を聞いたヴィクトールの表情が再び険(けわ)しさを増す。

「望月さんとの話し合いを全部ヴィクトールさんに任せてしまうことになって……すみません」

杏は眉を下げて謝罪した。

三日月館までの運転も、肝心の望月晶の死体を掘り起こす作業も、すべてヴィクトール一人が負担している。だから杏はてっきり「手間のかかることは人任せにしておきながら、自分は呑気(のんき)に遊びに行くのか」と咎(とが)められていると勘違いをしたのだ。

杏の考えを読んだのか、ヴィクトールはわずかに表情をやわらげる。

「いや、君は未成年なんだから、そこは俺に頼っていい」

ヴィクトールの思わぬ発言に、杏は目を見開いた。

この人は今、すごくまともな恰好(かっこう)いいことを言った気がする。

どうしたのだろう、ヴィクトールらしくない。

まさか熱でもあるのでは——と、杏は胸を高鳴らせる前に、彼の体調が心配になった。無理を重ねた反動で、突然死にたがったり倒れたりしないだろうか？

「やっぱり私も一緒に望月さんの話を聞いたほうが……？」

杏がおそるおそる反応をうかがうと、ヴィクトールはむっと腕を組んだ。

「なぜ七日目の蟬でも見るような、切なげな目を俺に向けるんだ？　俺の精神はそんなに儚くない。杏って時々、俺を本気で奇人かなにかだと思っているだろう？」

いいえ、時々ではなくて大体いつも思っている、と正直に答えたら、しばらくの間、口をきいてくれなくなりそうだ。杏は笑ってごまかした。

「製作体験って、なにを作るつもりなんだ？」

ヴィクトールは疑わしげな視線になりながらも、亮太の工房のほうに話を軌道修正して杏に問いかける。

「製作物の種類は聞いていません。たぶん簡単な雑貨じゃないでしょうか？」

「ふーん……」

「私が『ツクラ』で働くようになってから数ヵ月経っていますよね。その間にヴィクトールさんから椅子にまつわる話をたくさん教えてもらいましたが、実際に自分で製作するのははじめてなので緊張します」

杏は、はにかんだ。

亮太の工房ではおそらく数時間程度で完成させられるような簡単なものを作るのだろう。それでも一度自分の手で作り上げることは、杏のプラスになるはずだ。

そんな考えもあって杏は昨夜、亮太に製作体験の約束を取り付けた。

しかし、ヴィクトールは苛ついたように、指先でトントンとテーブルを叩く。

「君、そういう貴重な初体験を、どうしてよそですまそうとするのかな？」

……この発言もパワハラに聞こえてしまうのは、杏の耳がおかしいせいなのか。

「うちの店にも製作工房ありますけど？　雑貨も作っていますけど？」

ヴィクトールが軽く顎を上げて、つんとして言う。

でも、なんでいきなり敬語。

杏は目を丸くしたのち、噴き出した。

「もしかしてヴィクトールさん、他の工房で私が木製品を作るのが嫌で拗ねていますか？」

「今のような調子に乗った発言は俺、よくないと思うよ」

杏の問いかけにかぶせるようにしてヴィクトールがすばやく窘める。気にしていない素振りで珈琲を飲み始めているが、きっと拗ねたに違いない。

(死体も無事見つけられたし……ヴィクトールさんの色んな顔を見ることもできたから、ここへ来てよかったな)

何度か心霊現象に出くわして恐ろしい思いはしたが、長時間一緒にすごせたおかげで、ヴィクトールとの距離も少し縮まってきた気がする。

ヴィクトールは本当に複雑な精神構造の人だと杏はあらためて思う。人類嫌いで見栄っ張りだし怖がりだし死にたがりだし、子どもっぽい面もある。その一方で年齢相応の冷静な視点を持ち、スマートに頼りがいのあるところを見せたりもする。

ああそうか、と杏はふと納得する。欠点となりうる面を平気で他人に見せられるのは、彼に、自分はそれだけではないという余裕と自覚があるからだ。本当に子どもであれば、自分の幼さや引き出しの少なさを必死に隠して見せまいとする。杏が彼の前で必死に背伸びをしているように。

でも杏は、今すぐ大人になりたい、というよりは、大人である彼にもちょっと頼ってもらえるような存在になりたいのだ。

そうなれるように、背伸びをしながらでも、もっと積極的に色々なことを見聞きしよう。

「……俺のことを、丁寧に教えてくれる、いい先生になりそうだと褒めたのはどこの誰だっけ？」

かちゃっと小さく音を立てて、ヴィクトールがカップをソーサーに戻す。

杏はきょとんとしたあとで、それがいつか自分が言った言葉だと思い出し、小さく笑みをこぼした。

ヴィクトールのこの反応はたぶん、「よその職人に作り方を教わるくらいなら、自分に教われよ」と遠回しに訴えているのだろう。

「ヴィクトールさんには、まだまだ教えてほしいことがたくさんありますよ。……私の中で、一番の先生ですもん」

信頼していることを言外に打ち明けて、杏は照れ隠しに珈琲に口をつける。

木製品に関することだけじゃなくて、日常にある小さなことも、大きなことも。様々なことを教えてもらえるように、できればずっと近くにいたい。

「一番と言いながら堂本亮太のところへ行くんだろ？　俺は二番目の男になるなんて嫌だ」

ヴィクトールは断固とした口調で言った。

(だからもうパワハラにしか聞こえないんですが)

それにもう少し空気を読んでほしい。本当に読んでほしい。

ここは普通なら「そう言ってもらえて嬉しいよ」とか「君は教え甲斐のある生徒だよ」などと返事をして、互いの絆が深まる場面になるはずだ。

ヴィクトールの場合、狙って外しているわけではないのがすごい。

「杏は職人が相手なら誰でもいいんだな。見損なった」

「人聞きの悪いことを言うのはやめてください！」

この人の思考回路がつくづく謎すぎる。


昨夜から今日にかけて、ヴィクトールにやられっ放しの気がする。

杏は心を落ち着かせるためにも彼の物言いたげな視線を振り切り、部屋へ戻った。そこでしばらく時間を潰したのち、身支度をしてホテルを出る。

本日は曇り空。湿度が高いようで、じっとりと暑い。曇りでも紫外線ってあるんだっけ、と杏は半袖のトップスから伸びている腕をちらっと見下ろし、ホテル前の坂道を歩く。面倒がらずに日焼け止めを塗ってくるべきだっただろうか。

昨夜この坂道を通った時は明かりの乏しさと静けさの相乗効果でひたすら不気味に思えたけれど、今はどことなく色褪せた雰囲気のほうが意識に引っかかる。道沿いに並ぶ商店や家屋の大半が古い造りをしているせいで、寂寥感漂う景色に見えるのかもしれない。

空き店舗の固く閉ざされたシャッターには赤茶色の錆が浮いている。開店前の焼肉店のそばに設置されている自動販売機も売り切れが目立ち、取り出し口の一部が割れていた。その上部に大きな蜘蛛がへばりついている。

ホテルの部屋を出たのは正午すぎなので、時間に余裕がある。杏はもう少し足を伸ばして食料品店へ立ち寄ることにした。

もちろん、お守り代わりの塩を補充するためだ。

予備の塩までも昨夜のうちに使用している。

(多めに持ってきたのに、まさかこんなに早く使い切るなんて)

杏はこぢんまりとした食料品店に入ると、食塩が陳列されているコーナーのほうへまっすぐに向かった。他にガムと飴を物色し、塩を持ってレジへ行く。

商品の代金を払いながら、杏は内心溜息をつく。

最近、自分の周囲で心霊現象が発生しすぎじゃないだろうか？

霊感を持つ杏や『TSUKURA』の職人たちの吸引力が、想像以上にすごすぎるのが悪いのか。

もしかして掃除機並みに霊障を引き寄せているとか——杏はそんな恐ろしい想像をしてぶるっと身を震わせた。

雪路の台詞じゃないが、本当に自分たちはこの先無事に生きていけるのかと真剣に悩まずにはいられない。しかし、これ以上深く考えると、もっと怖い答えに辿り着きそうだ。無理やり目を逸らしておくことにする。

杏は食料品店を出て、来た道を戻った。車の数はそれなりにあるが徒歩の人間は見かけない。閑散とした通りを進み、やがて目的地の、赤い屋根を載せた家具工房に到着する。

隣に設けられている駐車スペースには車が二台停められている。客の車か、それともここの職人のものかは不明だ。どちらも砂埃に塗れていて、汚れがひどい。

引き戸式の入り口の扉の横には、市松模様のアイスボックスクッキーに似た正方形の木製プレートが取り付けられている。そこに『工房ロビン』と記されていた。文字がかすれていたために、昨夜はこのプレートに意識がいかなかったようだ。

戸は半分開いている。杏はそちらへ近づくと、戸をさらに開き、「こんにちは」と声をかけて中を覗き込んだ。

「昨夜、製作体験のお願いをした高田です。お邪魔しても大丈夫でしょうか？」

尋ねながら工房内を眺めた時、杏は一瞬目が眩んだ。外との明るさの差で目の奥がじわっと痛んだが、瞬きを繰り返す間に工房内の暗さに順応する。

「あぁ、こんにちは！　来てくださったんですね」

返事を寄越したのは、昨夜と同じ黒いオーバーオールを着た堂本亮太だ。半袖Tシャツの上に薄手のジャンパーを羽織っている。作業中に舞う粉塵対策だろう。首には汗止めの白いタオルを巻いていた。

「どうぞ中へ」

彼は口元のマスクを顎の下にずらし、にこりと微笑んだ。隅にもう一人、ここのスタッフらしき年配の男がいたが、杏のほうを見ると小さく会釈だけをして、すぐに作業に戻ってしまった。機器の手入れ中らしい。

杏は亮太のほうに視線を戻すと、笑みを作って軽く頭を下げ、工房内へ足を踏み入れた。

昨夜は入り口の前で少し言葉を交わした程度だったから、工房の中は見ていない。亮太に近づきながらすばやく室内の観察をする。

最初に気になったのは、埃臭さだ。粉塵の匂いとも言える。ヴィクトールの工房でも嗅いでいる匂いだったが、湿度が関係しているのか、こちらの工房のほうがもっと埃臭く、息が詰まるような感じが強かった。意外にも木材特有のツンとするような匂いは少ない。

外から建物を見た時よりも工房内は広く感じる。天井が高いためだろう。

床は板張りで、中央には大型の作業台をぴったりとくっつけるようにしていくつか置いてあった。その後方に鉋盤や切断機といった木工機械が雑多な配置で並べられている。作業台横の可動式チェストには工具類がこれでもかと詰め込まれ、引き出しからこぼれ落ちそうになっていた。使用頻度の高い工具類をそこに入れているようだ。

入り口付近には昔ながらの古い薪ストーブが置かれているが、今の季節は使用されていない。

……可動式チェストの引き出し同様に、薪投入口には木片がめいっぱい突っ込まれている。どこかで見た覚えがある光景だと思ったら、これもヴィクトールの工房のストーブと同じだ。

左右の壁には縦長の板材が何枚も重ねられ、その隙間に設置された背の高いスチールラックには作りかけらしき椅子のパーツが押し込められている。奥側の壁はというと、ドライバー、カンナなどの小型の電動工具を収納している木棚がある。

（ここに大きな地震が来たら、絶対に危ない……）

杏は壁に重ねられている板材をちらっと見て、そう確信した。壁の空いたスペースに吊り下げられている多種多様な工具もじゅうぶん凶器になりうる。

ヴィクトールの工房にも工具類や木材がたくさんあるが、やはりほぼ出しっ放しの状態だ。たぶん職人たちにとっては、使いやすいベストな位置にあるのだろう。

（どこの工房も、木材と工具の圧迫感が半端ない）

入り口側の壁から少し離れたところには、簡易的な小型の洗面台も設置されていた。

床には自作感溢れる集塵用のホースがのたうっている。ホースの先は半透明のゴミ袋に繋がっていた。それを踏まないよう注意して、杏は亮太のいる作業台まで進む。

作業台の上は意外と片付いていた。表紙の折れ曲がった製作ノートの他、粉塵飛ばし用の小型扇風機が置かれている程度だ。

「すみません、ちょっと早く来すぎましたよね」

杏が遠慮しながら言うと、亮太は明るく「大丈夫ですよ」と手を振った。

「昨日はもしかして社交辞令かなと思っていたくらいだからねえ、本当に来てもらえて嬉しいですよ」

あけすけな物言いに杏は呆気に取られたが、すぐに自然な笑みを浮かべる。

「私も木製品……椅子を販売するお店で働いているんです。そこではアンティークも取り扱っていますが、職人たちのオリジナルデザインによるチェアも展開しているんですよ」

なんだか店自慢みたいになってしまった。『柘倉』のチェアはよい！　と皆にオススメしたい気持ちが胸にあるせいに違いない。

しかし亮太は同業種とも言える相手である。専門的な話をされると、俄知識しかない杏は途端に受け答えできなくなる。

「といっても私は店番のみを任されているだけのバイトにすぎませんが」

そこまで詳しいわけじゃないんですよ～、という牽制をこめて、杏はそう言い添えた。

「ははあ、椅子の店ですか。それでうちの木工房にも興味を持ってもらえたのかな」

亮太は軽く相槌を打つと、顎の下に引き下げていたマスクを耳から外し、ジャンパーのポケットに突っ込んだ。ついでに軍手も外してポケットの中へ。

「はい、自分で作るのは本当にはじめてです」

「じゃあ希望はやっぱり椅子なのかな。……ううん、形にもよりますが、椅子はパーツが増えるぶん、ちょっと難しいよね。はじめて挑戦するんなら、多少曲がっても大丈夫なカッティングボードとか、ほとんど直線を切るだけのティッシュケースなんかがいいと思いますよ」

「でしたら、カッティングボードをお願いしようかなあ」

お菓子を載せるのにいいかも、と杏が想像していると、亮太は人差し指を立てて小刻みに振った。

「あー、それかね、背もたれが不要なスツールなら二時間もあればじゅうぶん作れます」

「本当ですか？」

杏は驚いた。

オリジナルチェアを扱う『柘倉』でもスツールを製作しているが、完成までの行程には何日もかけているはずだ。

「そんなに早く仕上げられるんですか」

「凝ったものをきちんと仕上げようと思うなら、もちろんもっと日数が必要になるけれどね。うちではまず作る楽しみを覚えてほしいので、シンプルなものにしています。……ここだけの話、手早く簡単にできる作品じゃないと、お客さんがしんどさを覚えてしまうんですよ。少ない手間で達成感を抱けて、なおかつちゃんと使えるものにしないと」

「あぁ、なるほど、そうですよね」

困ったように頭を掻く亮太を見つめて、杏は深々とうなずいた。

素人の自分でも作れた、という達成感は大事だ。それが次への興味や、やる気に繋がる。

「今日は高田さんの他に予約が入っていないので……。カッティングボードでもスツールでも、あなたの好きなものを作りましょうか」

「スツールでお願いします」

これは迷わず一択だ。

杏の選択は予想済みだったのだろう、亮太がにこりとする。

「いいですよ。やぁ、こんな若い女の子に教えるのは久しぶりだから嬉しいな」

女子の指導に気持ちが浮ついているのではなく、単純に若者が製作体験に訪れるのが珍しくて喜んでいるようだ。亮太の笑顔はさっぱりとしている。

「じゃ、さっそく始めましょうか」

「はい、お願いします」

杏たちは頭を下げ合った。

「バッグはそこの棚……、いや、そっちのラック……、どこか空いているスペースに置いてください」

木棚を指差した亮太の視線が挙動不審に泳ぐ。木棚にはみっちりと工具やノート、端材が詰め込まれており、隙間がない。チェストも限界を超えた収納状態。

でも大丈夫、こういう雑多な雰囲気は慣れっこだ。杏は微笑みながらバッグの肩ひもを壁のフックにかけた。ちなみにそのフックには既に何本も、ロープのようにメジャーが引っかけられている。他のフックにはのこぎりがぶら下がっていたので、安全なのはそこしかない。

亮太からエプロンと腕カバー、マスクを渡される。杏がそれらを身につける間、もう一人の職人はせっせと機械の清掃を続けている。

「せめて年に一回……できるなら半年に一回は工具の手入れをしないと刃の回転が鈍くなるんですよ。機器の内側に粉塵がたまると、湿気なんかでくっついちゃうからね。事故にも繋がりかねない」

杏の視線を辿った亮太がぼそっとつぶやく。

「……やっぱり事故ってありますか？」

「そりゃあね。ほら、俺の親指の付け根、見てください。板を挽く時に刃がかすってねえ。当時、流血騒ぎになりましたね。刃物は使い慣れていても、ふいにひやりとさせてくれます」

亮太が右手の親指を見せてくれる。その部分だけ皮膚が変色し、へこんでいた。

杏は少しぞっとした。工具を使う時は怪我に注意しよう。

「必要な木材を持ってきましょうね」

安心させるように笑うと、亮太は杏を促して、板材を重ねている壁際へ近づく。

「この木材と同じ種類のものをスツール用に使います」

亮太が指し示した板材を見て、杏は「……スギの木でしょうか？」と推測を口にした。

正解だったようで、「よくわかりましたね」と亮太が目を見開く。

「あなたは木製品の工房でバイトされているんだったね。いやあ、参ったな。コスト……というかね、なるべくお客さんに気軽に体験してもらえるよう、これでも料金的にはがんばっているんですよ。……安価なスギ材を使うのは見逃してほしいな」

杏は「はい」と微笑んだ。たぶんスギ材の中でも、投げ売りに近いような安価なものを使っているのだろう。

「スギの木はしっかり削らないと、ささくれがちょっと目立ちやすいんだけどね、それでも決して悪い材質じゃないですよ。軽いし、水にも強いしね」

亮太の説明に、うんうんと杏はうなずく。

ヴィクトールも、ある日の椅子談義で言っていた。スギは針葉樹で、強度もそこそこあって安価で手に入れられると。

「木目は繊細で優しく、加工がしやすい。それに柔軟性があるから初心者が扱うのにうってつけの材質です。……本当に言い訳じゃないよ」

杏はその話にもうんうんと同意する。

「スギ材以外だと、パイン材あたりも扱いやすいんですよね」

「はは、そうですね。うちもパイン材はよく使いますよ」

亮太が快活に笑って、首に巻いていたタオルの端で顔を拭う。

パイン材というのは、もちろんパイナップルの木……とはまったく関係がない。

ええ、私は、つい最近の話ですが、「木材のほうは果実みたいに黄色くないんですね」などとヴィクトールさんの前で自分の無知っぷりを披露しましたとも。――その時のヴィクトールの反応を思い出すと、杏は両手で顔を覆いたくなる。

彼は驚いた顔で杏を見つめたあとに、いつになく慈しむような優しい微笑を浮かべ、「黄色か。おいしそうな木材だね」と言ったのだ。さらに「もしかして、パイン材と聞いて、ヤシの木のような形状の高木をイメージしたのかな？　パイナップルは多年草だよ。地面に近い位置で実が生る」と続けた。

杏は、こうして恥をかいたぶんだけ知識が蓄積されるのだと自分に言い聞かせながら、ヴィクトールの心を抉る親切な教えを黙って拝聴したのだった。

――それで、パイン材だが。

松の木のことである。こちらもスギ同様に針葉樹だ。

針葉樹とは、言葉の通り針(はり)のように細く尖った葉をつける樹木を差す。

「カッティングボードだったら、もっと木目の細かい木材を使いますよ。サクラとかね」

亮太が壁側に目をやって、白っぽい木材を指差す。

「サクラですか」

杏は、恥ずかしい記憶を慌てて頭から振り払い、亮太の話に乗った。

「スギなんかも反(そ)りにくいが、独特の香りがあるんだよなあ。好みがわかれますんで、うちではカッティングボード製作には選びません」

「スギの香り、私好きですよ」

「僕も好きだねえ」

杏たちは微笑み合った。木の香りは、なんだか安心する。

「さっき言ったパイン材も悪くないけれど、やっぱり傷がつきやすいし――おっと、そうそう。うちの娘ね、パイン材はパイナップルの木でできているとずっと思っていたんですよ」

あっはっは、と亮太が笑う。

一方の杏は、既視感のありすぎるその話にびくっと肩を揺らした。

「へ、へえ〜、そうなんですか！」

「なんでパイナップルの匂いしないの？　って不思議そうに聞かれたことがあったなあ。いや、パイナップルじゃなくて松の木だよと教えても、嘘だと思われてね。『松にパインは生らないでしょ』って」

亮太は、不自然に目を泳がせる杏には気づかず、懐かしそうな表情を浮かべている。

「松を英語にするとパインになりますから、つい果物のほうを連想しちゃいますよね！　パイナップルもpineapple……パインって文字が入ってますし！　元々は松ぼっくりがパイナップルと呼ばれていたんですよね」

「松ぼっくりですか。そこまでは知らなかった。あなたは若いのに物知りだねえ」

感心する亮太を見て、杏は笑顔が引きつった。「いえ、そんな、私なんて全然」などと不明瞭にごもごもと答える。

過去の恥を思い出していたところにピンポイントでその話をされ、動揺をごまかそうとつい言葉をずらずら並べてしまいましたが、すべてヴィクトールさんの受け売りなんです、と杏は心の中で言い訳をした。

「今の話、今度娘にしてやろうかね。でも、もうしばらく娘とじっくり話をしていない気がするなあ……」

亮太が視線を足元に落として、寂しげに笑う。

働き詰めで家族の時間を持てないのだろうか。だが彼らは工房から家まで一緒に帰ったりと、それなりにともにいる時間がありそうに思えるが。

「あ、つい話し込んじゃったな。……板材を用意しましょうか」

「はい」

杏はてっきり荒材をカットするところから始めるのかと思ったが、さすがにそんなわけはなかった。亮太は壁に立てかけていた板材ではなく、床に置いていた大きめの紙袋を持ち上げた。それを作業台へと運ぶ。

亮太は紙袋の中身を作業台に並べた。カット済みの木材……波形の木目が浮かぶ五十センチ前後の天板に、角棒が四本。杏はスツール製作に必要なそれらの木材をじっと見下ろす。

(確かに組み立てオンリーの作業なら、二時間もかからないよね)

納得はできても、単に脚を取り付けるだけではスツール作りの達成感をあまり味わえない気がする。

そう杏が首を傾げていると、亮太は天板をポンと叩いた。彼の表情に先ほどの寂しげな影はもう見えない。

「この天板が座面部分になります。使用サイズにまずカットしましょう」

「わかりました」

杏は内心、おお！　と胸を弾ませた。

やっぱり木を切るところから始めたほうが、『物作りをしている』という気分にしっかり浸れる。

「カットするために、板に線をつけます。座面サイズは横三十五、縦三十ですよ」

亮太は作業台横にある可動式チェストから、ホッチキスでまとめられた二枚のA４サイズのコピー用紙やL字形の定規、鉛筆（えんぴつ）などを取り出した。それも木材の横に置く。

杏はコピー用紙を眺めた。手書きのスツール完成図、作業の簡単な手順がモノクロ印刷されている。このレシピを見る限り、スツールはオーソドックスというか、シンプルな仕上がりになるようだ。正方形に近い座面に四本の脚を取り付ける。

「それでは高田さん。この差し金の短いほうを木材の上部側に引っかけて、ズレないように線をひいてください」

亮太に指示された通り木材に差し金を当てて、杏はふと考える。

（この定規は差し金って言うのか……。陰で指図して人をあやつる意味の『差し金』となにか関係があるのかな）

ヴィクトールがもしもこの場にいたら、きっと嬉しそうな顔で色々と教えてくれるだろう。彼は頻繁（ひんぱん）に話を脱線させるが、あとになってそれも無関係ではなかったと気づかされたりするので侮（あなど）れない。

（ヴィクトールさんと話がしたいな）

杏のほうから製作体験を申し出たのでこんなことを思うのは亮太に悪いが、やはりヴィクトールに『一番目の男』になってもらうべきだったのかもしれない。そういう後悔がじわじわと胸に広がる。

　レストランで彼の言葉をからかったりせず、もっと真剣に聞いておけばよかった。いざ作業をする段階になったら自分のほうがよほどためらってしまっているではないか。

　でも、杏が初体験をする場にヴィクトールがいないのが、どうにも落ち着かないのだ。

　杏はしょげそうになって、我に返った。

　ホテルでヴィクトールと別れてからまだ一時間も経っていないのにもう寂しくなるなんて、ちょっとどうかしているのではないか。

　恋する乙女か、と杏は自分に突っ込み、ぶわりと熱の広がった顔を手の甲でこすった。

　いきなり差し金から手を離した杏を見て、亮太が驚いたように目を丸くする。

「あぁ、工房の中は暑いでしょう。作業中にエアコンを入れると木屑が舞うのでね……。今はスタッフがあっちで機械の手入れをしているもんだから。もう少し入り口の戸を開けときましょうか」

「あっ、いえ、大丈夫です！」

　顔が熱くなったのは、誰かさんを思い浮かべて心が騒いだせいだ。が、そんな恥ずかしい事実は亮太に打ち明けられない。

　杏は密（ひそ）かに息を吐き、気持ちを切り替えようとした。

ここまで来てやっぱりやめます、なんて身勝手な発言はできない。

再び差し金を木材に押し当てた時だ。

入り口に影が差し、杏は手をとめた。そちらに顔を向け、目を瞠る。

望月峰雄と死体について打ち合わせする予定のヴィクトールが興味深げに工房内を観察しながらやってきたのだ。彼は古ぼけた薄緑色のボディの切断機に視線を投げると、生き別れの家族とでも再会したかのように感激の表情を浮かべた。好みの機械だったのだろうか。

「ヴィクトールさん⁉」

杏が驚きの声を上げると、きらきらした目で切断機に近づこうとしていたヴィクトールがこちらを向いた。杏の手にある差し金、作業台の木材、隣に立つ亮太といった順番で視線を動かし、傷ついたようにわずかに顔を歪める。最後にもう一度杏を見つめ、縋るような目をする。

彼の表情の変化を見て、杏はなんだか浮気現場でも目撃されたかのようないたたまれない気分になった。後悔と罪悪感が波のように胸に押し寄せてくる。

(だめだ……！　ごめんなさい堂本さん！)

杏は差し金を再び作業台に戻すと、入り口から一歩入ったところで立ち尽くしているヴィクトールのほうへ早足で近づいた。……別にこの場所で胸が高ぶるような、ドラマチックな出来事が起きていたわけでは決してない。極めて健全な「はじめてのスツール製作」が行われようとしていただけだ。

なのにヴィクトールがこんな絶妙なタイミングで現れるし、「俺よりそいつに教わるほうがいいのか……」というように苦しげな表情まで浮かべるから！

ヴィクトールは、近寄った杏の手首を摑み、ひたむきな瞳で見つめてくる。

「まだ、なにもしてません……」

このおかしな雰囲気に飲まれて、杏は必死に否定した。なにを言っているんだろう私、と頭の片隅で冷静に考えたが、ヴィクトールだってやけに真剣な顔をしている。そういえば、彼も案外ノリのいい人なんだった。

「本当に？」

ヴィクトールが緊張を孕んだ、切なげな声で問う。

「本当です」

杏はじっと彼を見上げて答えた。今度はこちらから問いかける。

「二番じゃなくて、一番になってくれますか」

ヴィクトールの胡桃色の瞳が驚いたように揺れる。杏はそっと彼の手を取った。

「初体験はヴィクトールさんがいいです」

繰り返すが、健全な内容だ。冒頭に『スツール作りの』という言葉がつく。

「殺し文句にもほどがある。……いいよ」

ヴィクトールは珍しく顔を赤くして囁いた。

「俺が君に全部教える。すごく楽しいよ、きっと」

今までで一番優しく微笑まれ、つられて杏も表情が緩みかけたが、はたと気づく。

「あ、全部じゃないかも。椅子に関しては、って意味です」

「……は？」

杏は、唖然とするヴィクトールから離れると、硬直中の亮太のほうへ戻った。

亮太は、杏たちが交わしていた短い会話の内容にではなく、ひたすらヴィクトールの存在感に圧倒されていたようだ。杏が歩み寄っても、彼の視線はヴィクトールの顔から離れない。

（わかるわかる。はじめてヴィクトールさんに会う人は、大抵ぼうっとする）

ヴィクトールは、中身さえ知らなければ言葉を失うような正統派の美男子なのだ。本当に、この難解な性格さえ知らなければ。

しかし容姿が優れている時点で人生イージーモードではないかと杏は思うが、どうやらそうとも限らないらしい。人生って奥深い。

「堂本さん――せっかく木材を用意してもらったのにすみません。あの……スツールじゃなくて、カッティングボードに変更しても大丈夫でしょうか？」

杏の要望に、亮太とヴィクトールが同時に「はあ」と声を上げた。

ヴィクトールは怒ったように語尾を上げ、亮太は逆に、気圧された様子で語尾を下げたのだけれども。

はじめての椅子作り――スツール含む――は、ヴィクトールと行うことに決めた。だが製作体験自体の中止を言い出すのは失礼だ。そこで、代替案として、亮太との会話にも出ていたカッティングボード製作をお願いすることにした。この製作なら胸が痛まずにすむ。

――と、思ったものの、ヴィクトールは不機嫌な顔のままだ。

彼も製作体験の参加を亮太に伝えたが、しきりに杏へ冷たい視線をぶつけてくる。

「それじゃあ高田さんと同じで、カッティングボードを作るってことでいいですか？」

びくつきながら確認する亮太に、ヴィクトールは「ええ」と短く返事をする。

その後、彼が亮太に向かって積極的に聞いたのは「いつからこの工房を開いているのか」という話くらいだ。亮太は「七年前です。僕なんてまだひよっこ同然ですよ」と謙遜した。

ヴィクトールが流暢に日本語を話せるとわかっていくらか安心した亮太は、ぎこちなさを残しつつも、製作物の変更とヴィクトールの参加を快く許可してくれた。

亮太がスギの木材を片づけたのちに用意してくれたのは、サクラの端材だ。

「これは定規じゃなくて、型紙を使って線を引きましょう」

手渡された用紙を端材に当て、鉛筆で線を描く。かわいいビーンズ形の型紙だ。端に、紐を付けられる穴がある。

線付け作業は簡単に終わった。その間に亮太は卓上用の糸ノコ盤を作業台にセットする。コの字形のアームがついた工具だ。ミシン針のように、アームの先端に刃が取り付けられている。使い方もミシンで布を縫うのに似ている。工具のほうではなく板材側を動かして切る。

先にさくさくとヴィクトールがサクラ材の板を糸ノコ盤のテーブルに置き、線に沿って切り取る。

「窓抜き……ラインに沿って切り取る際、糸ノコ刃は折れやすいので気をつけてくださいね。

……って、ヴィクトールさん、上手ですね」

ヴィクトールは眉根を寄せて「まあ……」と言葉を濁した。ついでのように杏を睨む。

(カッティングボードもよそで作るのは、まずかったか……)

でもここは諦めてもらおう。

「形通りに切るのを窓抜きって言うんですか？　……お祭りの夜店にある、ガムの型抜きみたいな……？」

次に杏が端材をテーブルにセットして、小声で問うと、それまでつんけんしていたヴィクトールがふっと笑った。

あっ、これは「杏はいつもおかしな喩えをするなあ」という時の顔だ。

「ああ、型抜きね。僕も糸ノコ盤を使う時、それ連想しますよ」

杏に合わせてくれたのか、亮太も笑顔を見せる。

最初はあたふたしたが、窓抜きは意外と簡単にできた。……曲線を正確に切れなくて少しズレてしまったし、刃が引っかかっておののいた時にヴィクトールに手助けしてもらったけれども。木屑がほろほろ出るのがなんだかおもしろかった。

次の作業はドライバードリルでの穴あけ。それが終われば、縁の部分を面取りして……角を削るのだが、この部分はカンナを持つ杏の手つきが危なげだったためか、見守る二人にハラハラされてしまった。

「ピーラーでじゃかいもの皮を剝くのとはちょっと違うんですね。固い」

杏のぼやきに、亮太が笑みを引きつらせる。

結局、見かねたヴィクトールに「指を削りそうで怖い。頼むから、今日のところは俺にやらせてくれ」と優しく宥められ、杏は渋々カンナを手放した。ヴィクトールはカンナではなくナイフを亮太から借りて削っていた。……こうして見る限りでは皮むきっぽいのに。

こういうドリルなどの電動工具は専門メーカーから直接購入しているのかと思いきや、普通に通販で入手できるらしい。

「本格的に木工職人を目指すならまた少し事情は変わってくるでしょうが、小型機器でしたら最初はそれこそホームセンターやオンラインショップなんかで買える安いもので十分ですよ」

亮太の説明に、ヴィクトールもうなずく。日本のメーカーのものでも一万以下で購入できるとか。この工房にあるのはマキタのドリルだという。

角を取ったのちは、丁寧にサンドペーパーをかけて丸みを出す。穴の部分も忘れずに。この小さな穴の部分には、細い棒にサンドペーパーを巻き付けて擦り上げる。

仕上げはオイル磨き。作業台に新聞を敷いて、刷毛で塗り付ける。

これですべての作業は完了だ。

最も時間がかかったのは、切り取り作業よりもサンドペーパーで磨くところだった。杏は指先がじんじんするくらい磨いてしまった。でもその熱意のおかげで、面は木材とは思えないほどつるつるだ。

「オイルは乾燥させるのに時間が必要ですので、完成品は宅配便でお送りしますよ」

亮太にそう言われ、杏たちは『TSUKURA』の住所に郵送してくれるよう頼んだ。

作業行程には、なんだかんだで二時間以上費やしている。

汗ばむ額を拭い、エプロンなどを礼とともに亮太に返して時計を確認すれば、既に三時を回っていた。

（カッティングボードの製作も楽しいけれど、望月さんとの話し合いはどうなったのか知りたい）

ヴィクトールが工房に現れてから杏は事情を聞きたくてうずうずしていたのだが、無関係な亮太の前で気軽に話せるような内容ではない。

ヴィクトールのほうも自分からは話そうとしなかった。ただし彼の場合はそうした配慮ゆえの後回しではなく、工房内にある板材や木工機械の観察に忙しかったためだが。

彼の優先順位はダントツで木材だと、杏は断言できる。今もヴィクトールは壁に立てかけられている板材を真剣に見つめている。

……と、思ったら、今度は木工機械のほうへ移動した。最初はきらきらした目で眺めていたのに、なにが気に食わないのか、彼の眉間に不機嫌そうな皺（しわ）ができている。

「そういえば、アンナちゃんはどこにいるんですか？」

杏は洗面台で手を洗わせてもらったのち、ふと気になって尋ねた。

木工機械のまわりを落ち着きなくうろうろするヴィクトールを少しばかり怪しげに見ていた亮太は、目を瞬（しばた）かせると、「アンナはいつも三日月館で友達と遊んでいますよ」と当たり前のように答えた。

「ああ、でも今日はもしかしたら、その子と買い物に行ったかもしれないな」

「お買い物ですか」

「ええ、里江子（りえこ）ちゃんっていう、うちの娘と一番仲良くしてくれている友達がいるんですが、そちらとは家族ぐるみの付き合いをしているんですよ」

「私も三日月館で里江子ちゃんと会いました」

杏がそう告げると、亮太は眉を上げた。

「お、そうですか。いやね、彼らとこの夏休み中に旅行する予定がありまして。昨夜も、里江子ちゃんとお揃いのアクセサリーをしていきたいって何度もねだられてねえ。根負けして、お小遣いをあげたから、今頃はそれを買いにデパートへ行っているかもしれないな」

「それはアンナちゃん、とても喜んだでしょう」

男親って、娘に甘いところがある。アンナはおねだり上手な感じもするし。

双子コーデを好んでいた二人の姿を脳裏に蘇らせて、杏は笑顔になった。

だがそのすぐあとに、はっとする。

確か里江子は来月に引っ越しをするはずだ。だから彼女たちの親は、互いの娘に最後の思い出作りをさせてやろうと二家族での旅行を計画したのではないか。

だとするなら、アンナたちは、単純に嬉しいという気持ちだけではいられないだろう。幼いながらもあの二人は恋をし合っている。塩を毒薬に見立てて『心中』を望むほどに。

今日はまだホテルで彼女たちを見かけていない。亮太が説明したように、デパートへ買い物に出掛けているのかもしれなかった。

「姉妹のように親しいお友達がいるのは羨ましいですね」

彼女たちの複雑な恋愛事情はともかくも、その仲のよさは微笑ましい。

杏が褒めると、それまで熱心に板材や機械を眺めていたヴィクトールがちらっと振り向いた。

杏は気にせず、自分の小学生時代を思い出す。その頃のクラスメイトとは連絡を取り合っていない。

転居をきっかけに疎遠になったわけではない。当時の杏は自分の周囲で発生するポルターガイスト現象に悩んでいたし、それが原因で友人関係もうまく築けていなかった。放課後に遊べるような友人を持てなかったのだ。

(でも、それは言い訳かもしれない)

霊感体質が邪魔をして友達を作れない……というのを杏はどこかで逃げ道にしていた気がする。もちろんそれも嘘ではない。だが、当時のクラスメイトに遠巻きにされたのは、「嫌われたくない」と杏が思い詰めるあまり、無難な会話に終始して絶えず作り笑顔を浮かべていたせいでもあるのではないか。今ならそんなふうに冷静に考えることができる。

「友達を大事にできるって、素敵ですね」

アンナたちの固い友情に羨望を抱きながら杏が感嘆すると、亮太は懸念の色を目に宿し、顔をしかめた。

「ううん、まあねえ」

どこか苦々しさを含んだ亮太の返事に、杏は戸惑う。

予想外の反応だ。彼はひょっとすると、アンナと里江子の付き合いに本当は否定的な感情を持っているのだろうか。

「最近の女の子は難しいなあ」

「難しい？　反抗期という意味ですか？」

ぱっと思いついた可能性を挙げると、亮太は「いや」と顔の前で手を振った。どこかぼんやりとした目になり、こめかみを伝う汗を無意識のように首のタオルで拭う。

そこで杏も、忘れていた暑さを思い出した。工房内は蒸し蒸しとしていて、息苦しい。

「どこの家でも子どもってのは親の理解を超えたことをするものなのかな、とね」

「……というと？」

杏は躊躇の末、話の先を促した。

当然ながら杏に子育ての経験などないので的確なアドバイスができるとは思えないが、亮太はこの会話を続けたがっているように見える。

十代の女子の率直な意見を聞きたいのかもしれない。

「漫画の影響なのかそれとも学校で流行っているのか、娘たちは妙な遊びにはまっているみたいでねえ」

「どういう遊びですか？」

杏は無意識に身を強張らせた。

脳裏をよぎったのは、彼女たちから渡された例の毒薬だ。それは既にヴィクトールの推測によって無害なピンクソルトだと判明している。

だが、危険な薬からの連想で、アンナたちはもっと刺激のあるものを求めてドラック関係にも興味を持ち始めたのでは、と邪推してしまったのだ。

しかしさすがにその心配は杞憂だった。

「揃いの恰好をする程度ならかわいいもんだが……。高田さんくらいの世代になるともうわからないかもしれないけど、俺が子どもの頃にもエンジェルさんとかキューピッドさんとかっていうね、変なおまじないが一部の女子の間で流行っていたんですよ」

想像していなかった話の流れに、杏はぽかんとした。

「その進化版みたいな遊びに、どうやらあの子たちは夢中になっているようでね……困ったもんです」

亮太が首のタオルでしつこく顔を拭い、溜息を落とす。

「おまじないというか……低級霊を呼び出す儀式みたいなやつですよね」

確か杏が小学生の時にもその類いの遊びをしている子がいた。杏自身は試したことがない。

……それをせずとも、日常的に霊を見ていたので。

ゴスロリファッションを好むアンナたちがそういった薄暗いおまじないに惹かれる気持ちは、まあ理解できる。しかし親の立場からすると、たとえ無害な遊びであっても死に関わるような不吉な真似事はしてほしくないだろう。

「……大丈夫だと思います。そういうのは一過性の流行ですよ」

杏は安心させるために楽観的な言葉を吐き出した。

適当な慰めのつもりはない。実際、ほとんどの子どもはすぐに新たなブームを追う。大人になっても抜け出せない者も中には存在するが。

「うん、そうだといいけどね」

根拠のない励ましでも少しは効果があったらしい。亮太は照れたように笑った。

「いや、それにしても。アンナも高校生になったら恋人を作るのかな」

「……はい？」

明るい口調に変わった亮太を見遣って、杏は警戒した。

なんだか変な方向に話題転換された気がする。

「親目線だと複雑な気持ちになるんですが、高田さんみたいにこうまでハイレベルな恋人を連れてこられちゃあ、恋愛なんてまだ早い、別れろとは言えなくなりそうだなあ」

「えっ……、なにか誤解されてません⁉」

亮太の笑いを含んだ視線が一度ヴィクトールのほうへ向かい、杏に戻る。

「三日月館に二人で来ているってことは……やるねえ、恋人と泊まりの旅行なんでしょ？」

亮太がにやりとした。

（恋人……‼）

杏はその言葉にズドンと胸を打ち抜かれたような気分になった。

「違いますよ！　そんな関係じゃないですって！」

「若いっていいね。ううん、でも僕が親だったら本当に複雑だな」

「――ヴィクトールさんはバイト先のオーナーです！」

仕事の関係で来ているんです、と杏は懸命に亮太の誤解を解こうとした。が、彼は「わかってるわかってる」という生ぬるい視線を向けてくる。まったく伝わっていない。

ヴィクトールが板材や木工機械に夢中でいる時でよかった。杏は心からそう思った。

――ちなみにだが、やっぱり『差し金』は、陰で指図し人をあやつる意味の言葉からきているとのことだ。もとは黒子(くろこ)が使う歌舞伎(かぶき)や浄瑠璃(じょうるり)の小道具だったとか。

6

亮太に別れを告げて工房を出たのち、杏たちはホテルへ戻ることにした。

ヴィクトールは一応、杏を気にして「辺りを観光する？」と希望を聞いてくれたが、暑い、死にたいといった負の感情が丸わかりの顔を見れば、たとえ本心ではそれを望んでいたとしても「はい」と言えるわけがない。

ただ、杏自身も今は、周辺の景色や史跡をのんびりと見物するより望月との話し合いの結果を聞きたいという思いのほうが強い。

雨でも降り出しそうな重たげな曇天の下、坂道を歩きながら、杏はさっそくヴィクトールにその件を尋ねた。

「ヴィクトールさんが工房に来てくれるとは思いませんでした。望月さんとの話し合いはスムーズに終わったんですか？」

「いや」とヴィクトールは端的に否定した。そのあとで前方からやってきた自転車に目を向け、杏の肩に手を置いて自分のほうへ引き寄せる。そのささやかな親切に、杏は心臓がぎゅうっとなる。

　きっとヴィクトールは知らないだろう。こうしてさり気なく庇われたり肩に置かれた大きな手を見たりした時、自分は確かに女の子なのだと杏が甘い気持ちを密かに目覚めさせていることなんて。

　――だが、ヴィクトールが続けた「望月峰雄とは会っていない」という驚きの一言で、そんな甘い感情は見事に吹き飛んだ。

「望月さん、三日月館に来なかったんですか？　……ひょっとして死体を確認するのが恐ろしくなったんでしょうか？」

　悪い考えに傾いた杏を見下ろして、ヴィクトールは首を横に振る。肩から手を離されたのが、少し寂しい。

「望月峰雄は別に逃げたわけじゃないよ。特急に乗車する予定だったのに、バス会社の不手際で席がダブルブッキングになっていたそうだ」

「そういう理由ですか！」

「すぐにレンタカーを借りることにしたそうだが、それも途中でパンクして、車が溝にはまってしまったらしい。その後始末で今日は三日月館に到着するのが難しいという話だよ」

「それは不運というか……まるで誰かが意図的に望月さんをこっちへ近づけまいとしているような感じですね」

単純に「ハプニングの連続で気の毒だなあ……」という同情心でそう喩えただけだったが、ヴィクトールが無表情に変わったのを見て、杏も真顔になった。

現在進行形で霊障に悩まされている自分が言うと、まったく冗談に聞こえない。ヴィクトールも同じような考えを抱いたのだろう。

「いえ、そんなわけないですよね。いくら私たちがここへ来た時に不気味な電話の対応を聞いたり、そもそも予約したホテルすら存在が危うかったりしたとしても！　全部偶然です」

「杏、やめろ」

無理やり笑い飛ばそうとしたら、ヴィクトールは低い声で杏を窘めた。その後、パンツのポケットからそっとスマホを取り出し、杏の手に押し付ける。

かわいそうに、彼のスマホはまた杏のバッグの中で塩漬けにされる運命か……。

でも歩きながらスマホを塩漬けにするのは少々難しい。どこかにベンチなどの座れる場所はないだろうか。

そう思って杏は辺りを見回し、歩道沿いにある眼鏡店に注目する。チェーン店ではなく、町の小さな眼鏡屋さん、といった雰囲気だ。赤い庇を取り付けている入り口側は、全面がショーウインドーになっている。オープン中かどうかは不明だが、店内はずいぶんと薄暗い。

曇り空であっても屋外のほうがまだ明るい状態だ。そのためショーウインドーがモノクロの鏡のように歩道を歩く杏たちの姿を映し出している。

杏は足を止め、まじまじとショーウインドーを見つめた。

数歩先を進んだヴィクトールが、ついてこない杏に気づいて振り向く。

「杏？」

ヴィクトールは不思議そうにこちらへ戻ってきた。

杏は思わず無言で下がった。

「……杏？」

もう一度、今度は瞳に不安の色を宿してヴィクトールが呼ぶ。

また数歩接近されたので、杏もそのぶん後退した。

二人は短い間、言葉なく見つめ合った。

「……なぜ俺から離れようとするのか、その理由を聞いても大丈夫か？　君の答え如何（いかん）によっては俺が死にたくなったりしないか？」

ヴィクトールは硬い声で尋ねた。なんて勘のいい人なんだ。

彼の懸念（けねん）は残念ながら見事に的中しているため、杏はすぐに返答できなかった。

ショーウインドーに映るヴィクトールの肩というか背中に、羽交い締めでもするかのように少女の幽霊がへばりついている。

直接彼を見た時は、少女の姿を確認できない。鏡のようなショーウインドーの中にしか映らない。

(――鏡)

杏は嫌なことを思い出した。

昨夜、ホテルの通路の壁に飾られている鏡の中にいた少女の幽霊と、この幽霊は同一の存在ではないか。

杏は、よせばいいのにショーウインドーを凝視した。

乱れた髪に泥だらけのスカート。汚れた素足――。間違いない、鏡の中にいた少女の幽霊とまったく同じだ。

少女の左腕はヴィクトールの首に巻き付いている。右腕は肩に乗り上げるようにして胸の辺りへ。彼の黒いトップスを鷲掴みにしている。両足は、腰の上に絡み付いていた。

決して離れまいというような執念を感じる。

(いったいいつからヴィクトールさんの肩にくっついていた?)

杏はごくっと息を呑む。

まさか……、ホテルにいた時から?

ヴィクトールの首筋に顔を埋めるようにしていた少女の頭がぐらぐらと揺れ始める。そして、少女は乱れた髪の隙間から、杏を見た。目尻が切れるのではないかというほど瞼がぐりっと見開かれていた。異様に大きく見えるのは、白目の部分がないせいだ。

少女の霊は、光を通さない真っ黒な瞳で杏を見据えている。背筋がびりびりするくらいの恐怖が杏の全身を駆け抜けた。

『離さない』

少女の唇が確かにそう動いた。

悲鳴を上げ損ねた杏は、手の中にあるヴィクトールのスマホをお守りのように強く握った。

杏の様子がおかしいことに気づいているはずのヴィクトールは、しかしショーウインドーのほうを決して見ようとはしなかった。……見たら最後だと痛いほどにわかっているのだ。

「ヴィクトールさん……」

杏は視線をヴィクトールに戻し、かすれた声を漏らした。

「うん。なに？」

ヴィクトールも、春風よりささやかな声で答える。

「お願いがあるんです。もしも誰かに目撃されたら確実に不審者扱い（あつか）いされると思いますが、今ここでヴィクトールさんの身体に塩を振りかけていいですか？　さっき私、いいタイミングで塩を購入したんです」

普通の人なら、連れの者にいきなりこんな常識外れの提案をされたら「なにを考えているんだ」と呆（あき）れるだろう。

だがヴィクトールは「ぜひ。さすがだ。素晴らしいタイミングだね」と杏を手放しに褒（ほ）めた。

青ざめているとはっきりわかる彼の目は、なにも見るものかという不屈の意志を感じるくらいにきつく閉ざされている。

「じゃあ、すぐにやらせていただきます」

「いつでもどうぞ」

厳粛な態度でそう言い合ったのち、杏は震える手でバッグの中から先ほど購入した塩を取り出した。


精神に大打撃を受けたヴィクトールは三日月館に戻るやいなや、「ベッドの中で数時間死んでくる」と遺言を残し、ふらふらと立ち去った。

小袋に分けた塩を握りしめる彼の背中を見つめながら、しばらくそっとしておいてあげようと杏は深く同情した。眠ってすべてを忘れられるといいのだが……、アレはトラウマになってもおかしくない体験だ。

杏のほうは、このまま部屋へ戻る気にはなれなかった。眠気もないし、なにより一人になりたくない。

そこで杏は、一階の売店や娯楽スペースで時間を潰すことにした。客の姿がある場所なら、幽霊も空気を読んで出現を控えてくれるだろう。……そう信じたい。

売店へ向かう途中、杏は背後から誰かにぽんと軽く腰を叩かれ、「ひっ⁉」と情けない悲鳴を上げてよろめいた。

　さっそくの来襲なのかと青ざめながら振り向けば、杏の大仰な反応に驚いたアンナと里江子の二人がそこにいた。

　彼女たちは今日も揃いのゴスロリ服を着用している。バルーン袖のブラウスに、レースに縁取られた膝丈のスカートにタイツ。ラウンド形のフリル付きエナメルポシェットを肩からさげている。彼女たちのどこか妖しい雰囲気に、その恰好はよく似合っている。

「なーに、そんなに驚いちゃって。私たちが近くにいるのにも気づかないで、さっきからフロントをよたよた歩いているし」

　片手を口に当て、笑いのにじむ声でアンナが言う。杏の腰を叩いたのは彼女のようだ。

「いっ、いきなり声をかけられたから！」

　年下の少女に声を震わせて言い訳する自分がつくづく情けない。

「杏ってば、幽霊でも見たような顔をしているよ！」

　はいバッチリと目撃しました、とは言えない。杏は視線をさまよわせて引きつった笑みを浮かべた。

「もしかして本当に見たとか？」

　少し意地の悪い顔をしてアンナが杏を見上げた。

「でもここのホテル、本当に出るって噂があるんだよ」

おとなしそうな里江子までが、びくつく杏をからかうようにそんな怪しい発言をする。

「やめよう!? 私そういう話はちょっと苦手だな！ うん、不謹慎だし！ ね！」

両手を大きく振ってこの心臓によくない話を終わらせようとする杏を見て、少女たちははじめこそきょとんとしていたが、ふいにそれぞれ、にんまりした。

（まずい、余計なことを言った気がする）

二人とも、怖がる人間をもっと怖がらせてみたい、という人の悪い顔をしている。

「私たち、すごくいいタイミングで杏と会ったみたい」

「へ、へえ。ところでアンナちゃんたち、今日はどこかへ出掛けていたの?」

杏は強引に話題を変えようとした。だがすっかりおもしろがっている彼女たちは乗ってくれず、がしっと左右から杏の手を掴む。

二人の手は少し冷たく感じられ、杏はどきっとした。それにこのホテル、冷房が効きすぎじゃないだろうか。彼女たちと会う時は必ず背筋をひんやりさせられる！

「ねえねえ聞いて。私たち、これから交霊会をするつもりなんだ！」

「交霊会!?」

アンナの発言に、杏はぎょっとする。

そんなに朗らかに宣言することじゃない！

――ああこれって工房で堂本さんが言っていたやつか！

「ほら、今日って曇りでしょ。交霊会にうってつけの暗さじゃない？」

「全然うってうけじゃない。全然」

逃げ腰になる杏を見上げて、アンナがにんまりしたまま囁く。きゅうっと細められた目は、獲物を狙う猫そっくりだ。

「杏お姉さん、私たちって女王仲間でしょう？」

里江子もくすくすと笑う。

そして二人は、声を合わせてこう誘った。

「一緒に交霊会、しよう？」

「遠慮します」

杏はすばやく拒否した。すると二人は途端に悲しげな顔を見せる。

「……私たち、友達じゃないの？」

アンナの言葉に、杏はうっと息を詰める。いかにも演技臭い表情だが、それでも後ろめたさを抱かせるのにじゅうぶんな威力があった。

「待って、なんでそんな怖い真似をしようと思ったの？」

心霊術にはまった理由はなんだろう。杏は少し気になり、幾分冷静になって尋ねた。

堂本が言っていたように、学校の流行りだろうか？

「そんなの決まってるよ。私たち、心中する予定だって教えたでしょ」

もったいぶることなくアンナが答えてくれる。

そこに起因するのかと杏は絶句した。想像する以上にアンナたちの心は死に囚われている。

だが、里江子がそこでちょっと曖昧な微笑を見せたことに気づき、杏は首を傾げた。

「だからね、死者に聞いてみたいことがあるの」

「……なにを？」

夢見る眼差しのアンナに、杏は怖々と尋ねる。

「死者の世界についてよ。死後も里江子ちゃんと一緒にいられるかどうか。大事なことでしょ？」

アンナの説明は、非現実的なのに、妙に説得力があった。

そうだった。この子たちは心中したくて、毒薬を持っていたのだ。

だが、毒薬の正体はホテルのアメニティグッズであるピンクソルトにすぎなかった。いくら二人が、死に対する憧れが強く、同年代の少女たちより夢見がちであっても、本心からピンクソルトを砒素だと信じていたとは思えない。

（なら、この交霊会も『つもり遊び』の延長のようなものってことかな）

杏は躊躇った。仲間意識を抱いてくれるのは嬉しいが、なにしろ自分は本当に霊感を持っている。まったく嬉しくないことに。

そんな特殊体質の杏が、たとえ真似事にすぎなくとも交霊会に参加して大丈夫なのか。

（……まずいよねえ）

先ほど彼女たちと同年代の幽霊を目撃したばかりなのだ。

だがこの場で杏が断ってもきっと二人で交霊会を行うだろう。万が一、交霊会に導かれてあの幽霊が彼女たちのもとに現れたりしたら——ここで放っておけない。

悩める杏を見て、「これは押せばいける」と踏んだのか、二人は左右からぐいぐいと手を引っぱってきた。

「ど、どこにいくの？」

「交霊会の部屋！」

笑いながら言う二人にほとんど連行されるような形で杏はフロントを突っ切り、階段を上がった。

砒素と言われてピンクソルトの毒薬を渡された時もだが、杏はどうしたことか彼女たちにまともな抵抗ができない。なんだか身体をあやつられているかのような気さえする。

薄暗い通路を進んで、辿り着いた先は客室だった。

「……空き室？　勝手に入ったらまずいんじゃない⁉」

「平気よ」

どうやってそれを手に入れたのか、里江子がスカートのポケットから鍵を取り出した。

「私たち、時々部屋に潜り込むの」

さすがにそこまでの行為は三日月館に勤務する彼女の母親やスタッフも知らないのではないか。見逃せる話ではないように思うが、身内でもない杏が彼女たちを叱るわけにもいかない。

「心配しないで、杏お姉さん。部屋を汚したことなんてないし、ちゃんと掃除もしておくもの」

里江子のしたたかな弁明に、もしかしたらホテルスタッフは気づいているのかもしれないと杏は思う。たぶん汚した形跡を見つけた時には、すぐに部屋への出入りを禁止するつもりではないだろうか。

ホテルの従業員やその家族がこうして密かに客室を利用することはよくあることなのかどうか、杏には判断がつかない。仮に杏が彼女たちの遊びについてホテル側へ告げ口したら、それは余計なお世話にもなりかねないのだ。

杏たちが入ったのはこのホテルでもグレードの高い部屋だったらしい。デラックスルームあたりだろうか。洋室は、ベッドを二台並べていてもまだ空間に余裕がある。

壁際には円形のテーブルが置かれている。床まで届く白いテーブルクロスをかけ、その上に陶製の花瓶を飾っていた。

「すぐに用意するね」

アンナがその花瓶をテレビ台のほうへ移動させる間に、里江子がポシェットからガラスに入った小型の赤いキャンドルと折り畳んだ白い紙を取り出す。白い紙を広げてテーブルに載せ、さらにその上にキャンドルを置く。

キャンドルは煤が出るので使用しないほうが……と、里江子をとめようとして、杏は気づいた。本物のキャンドルではない。ＬＥＤキャンドルだ。

おろおろする杏を無視して、二人は慣れた様子でてきぱきと交霊会の準備をすすめる。これがはじめてではないのだろう。

シャッと音を立ててアンナがカーテンを閉ざすと、部屋は真っ暗になった。暗闇に杏がぞっとした時、里江子がキャンドルのスイッチを入れる。その仄かな明かりが、さらに恐怖を煽った。

「さあ、杏、早く」

アンナが小声で催促し、杏の手を取った。

里江子はテーブルクロスをめくり、こちらを見ている。

「えっ、え?」

アンナは、まごつく杏を強引にテーブルの下へと押し込んだ。彼女自身も入ってきて、杏の左腕にしがみつくようにして屈み込む。逆側に里江子が滑り込んできた。テーブルはさほど大きなサイズではないため、皆で身体を密着させていないとはみ出してしまう。

杏は暗闇の中で目を凝らした。なぜこんな奇妙な状況になっているのか、さっぱりわからなかった。床まで届くテーブルクロスのおかげでキャンドルの明かりが遮断され、再びの暗闇が杏を襲った。

「ね、ねえ、これって……！」

「杏、静かに。大きな声を出しちゃだめ」

アンナが厳しい声で叱る。

「こうしているとね、霊が降りてくれるの。でもうるさく騒いでいたら霊が警戒して来てくれないよ」

「二人とも、もうしゃべっちゃだめだってば」

里江子の静かな叱責に、アンナが口を噤む。

「じゃあ、呼ぶよ？」

と、里江子が囁くように言って、コツコツと音を鳴らした。

杏はその音にぞわっとした。どうやら指の節でテーブルの裏側を、扉でもノックするかのように叩いたらしい。

それを何度か彼女は続けた。

少しの間、三人の呼吸だけが暗闇の中に響いた。ちょっと動いた程度でも服の擦れる音がはっきりと耳につく。

杏は心臓が痛くなってきた。子供騙しの交霊会だ。ただキャンドルを置いて、部屋を暗くしただけ。それなのにどうしてこうも胸騒ぎがするのだろう。正常な意識までもこの闇に溶けてしまいそうだ。

そのうち、里江子が鳴らすのとは別の、コツコツという小さな音がどこからか聞こえ始める。

最初は気のせいかと思った。だが次第にその音が大きくなってくる。

いや、こちらにだんだんと近づいてきている？

――里江子のほうはもう、テーブルの裏をノックするのはやめている。

ではこの、コツコツという音はなんだ。

（靴音？）

通路を誰かが歩いている。それも複数。

（まさか本当に幽霊がやってきたの？）

杏は奥歯を噛みしめた。恐怖で全身の肌が粟立つ。

どんなに目を凝らしても闇しか見えない。両腕にくっついている少女たちの姿さえ確認できないほどの色濃い闇だ。二人の呼吸は聞こえるが、果たして本当にそこにいるのか。腕に触れているのは本物の彼女たちなのか？　知らない間に幽霊と入れ替わったのではないか？

それを馬鹿げた妄想だと杏は笑い飛ばすことができない。これまで何度霊障に脅かされてきたことか。

「ねえ、やっぱりもうやめない!?」

膨れ上がる恐怖に負けて杏が叫ぶと、即座に左右の二人が「静かに！」と窘める。

気迫のこもったその鋭い声に、杏は身を竦めた。

コツコツ。足音が近づいてくる。闇の中で聞くその音はまるで四方八方から迫ってきているかのように響く。杏はぎゅっと目を瞑った。

コツコツコツコツ。

(嘘でしょ、やめて、こっちに来ないで)

そう心の中で懸命に念じていると――足音は一度も止まることなく遠ざかっていった。

杏たちが隠れている部屋の前を通過していったようだ。

杏は全身から力を抜いた。知らず全身が汗ばんでいる。

この濃密な暗闇の雰囲気に惑わされてしまったが、アンナたちが望んでいた幽霊が現れたわけではなく、単純に宿泊客が通路を歩いていたにすぎない。

なにも聞こえなくってから、はあ、とアンナが重たく溜息をついた。それを合図に、杏たちはテーブルからのろのろと這い出る。

カーテンを勢いよく開け、暗闇を室内から拭い取ったのち、アンナが両手を腰に当てて杏を睨む。

「もー! 杏が大きな声を出したせいで、今日は失敗したじゃない!」

むしろよくぞ失敗してくれたと思ったが、杏は反論することなく「ごめんね」と小声で謝罪した。

里江子も残念そうな顔をして、テーブルに置いていたキャンドルと紙をポシェットにしまう。

頬を膨らませて拗ねる二人とともに、杏は部屋を出た。

「つまんない！」

そう訴える不機嫌な彼女たちと部屋の前で別れてから、杏はあることに思い至り、通路の途中で立ち止まった。

――なにか、おかしくなかっただろうか？

視線は知らず足元に向かっている。色褪せた赤い絨毯の模様を杏はじっと見る。

（私たちがテーブルから出た時、キャンドルのライトが消えていた気がする）

数百円程度で購入できそうな、電池式のちゃちなライトだ。自動消灯する機能なんてなさそうだった。

あのタイミングで偶然電池が切れたという可能性も考えられなくはないが、そう結論づけるのはいくらなんでも都合がよすぎる。

それに――。

シングルルームより広い部屋で、なおかつテーブルクロスの中に潜り込んでいたのに、なぜあれほど近くでコツコツと明瞭に足音が聞こえたのだろう。

通路には、こんなに厚地の絨毯が敷かれているというのに。

杏は一旦気持ちを落ち着かせるため、非常階段側の壁に置かれているクイーン・アン様式のチェアに腰掛けた。

本音を言うなら今すぐヴィクトールのもとに駆け込んでこの恐怖を共有したいところだが、足の震えがとまらず、まっすぐに歩けそうにない。

（三日月館に来てから怪異が起きすぎじゃないかな⁉）

とりあえず深呼吸だ。杏は片手で胸を押さえ、大きく息を吸い込んだ。

深呼吸を繰り返したおかげで幾分気持ちが楽になる。

杏は身をよじり、なんとなく背もたれの部分に目を向けた。よく見ると、優美な花瓶形を描く背もたれの下部……座面にほど近い位置にクラウン形のようなデザインの彫りが小さく入れられている。昨夜もこの椅子に腰掛けてはいたが、顔を近づけてじっくりと観察したわけではないため、ここに施されていたデザインを見過ごしたようだ。

少し考えて、「あぁクイーンの椅子だからそれを象徴するようなクラウンの刻みを施しているのか」と納得する。その時、薄闇に覆われた通路の奥に人影があるのに気づいた。

杏はそちらをぎょっと見遣ったあと、慌てて俯いた。

再びの恐怖に、じわっと耳の後ろが熱くなる。その人影がこちらに近づく気配を敏感に感じ取ったからだ。

（ちょっと待って、立て続けのポルターガイストは心臓が壊れるからやめて！）

願いも虚しく、その気配は杏のほうへ向かってきた。

通路の絨毯は足音を吸収していたが、完全に殺し切れているわけではない。多少はコッコッという軽い音が響く。

それにしても足音ってこんなに恐怖を誘うものだっけ？　杏は混乱しながらそう考えた。

とうとう人影が、チェアに腰掛けている杏の手前で立ち止まる。

「杏」

一言呼ばれて、杏は勢いよくチェアから身を起こした。

こちらの唐突な動きに驚いたのか、人影が一歩下がる。杏は勇気を出して視線を上げ、そこでぽかんとした。

気配の正体は、幽霊ではなかった。ヴィクトールだ。

「ど、どうしたんですか、部屋で休まれていたんじゃなかったんですか？」

動揺するまま杏が矢継ぎ早に問うと、ヴィクトールは身体の力を抜いて答えた。

「よく考えたら、一人で部屋にいるほうがまずい気がした。それに今寝たら金縛りに遭いそうだ、とも思った」

……確かに。

よろっとチェアに腰を落とした杏につられたのか、ヴィクトールも気怠げな態度で隣に座り込む。

杏はちらちらと彼を横目で見ると、静かに口を開いた。恐怖とは、仲良く分け合うものだ。

「……ヴィクトールさん、実は新たに報告したいことがありまして」

「ふざけるな」

勘のいいヴィクトールは即座に拒絶の態度を示した。

「お願いですので話を聞いてください。一人でこの恐怖を抱えるのは嫌です、私」

「君、俺に対して押しが強くなってきていないか？　いや、君は最初から物怖じしていなかったよな」

ヴィクトールはわずかに身体の向きを変えて、杏を責めるような目で見た。

「そもそも杏があんな工房へ行ったせいで、無関係の俺までも恐ろしい思いをするはめになったんだ。もっと言うなら勝手にクイーン・アン同盟なんか結ぶから、こんな抜き差しならない状況になっている」

棘のある口調で批判され、杏は困惑した。

「ヴィクトールさん、もしかして堂本さんの工房、気に入りませんでした？」

なんだかんだ言いつつも彼は『MUKUDORI』のオーナーの星川仁と親しくしているので、

同業者には仲間意識を持つタイプなんだろうと思っていたのだが、違うようだ。

「気に入らない。——見ろ、この椅子」

不快な顔をして言い切ると、彼は杏が座っているチェアの背もたれを手のひらで軽く叩いた。

杏は「……椅子？」と、呆気に取られた。なぜいきなり椅子の話に飛ぶ。

「無駄なく板材を使おうとしたんだろうが、背もたれのパーツの木目方向がばらばらだ。こんなの初歩の間違いじゃないか。木材は生き物だ。この椅子は数年で歪みが生じてガタがくるよ」

チェアを睨みつけながら不機嫌に言い放つヴィクトールを、杏は慌てて止める。

「待ってください、堂本さんの工房の話をしていたのに、どうして急に私たちが座っているクイーンの椅子の説明を？　……ってヴィクトールさんの今の言い方だと、まるで堂本さんがこの椅子の製作者みたいですが——えっ、もしかしてこれはアンティークじゃないんですか？」

「違うね。この椅子はアンティーク加工をしているだけだ。堂本亮太の工房で作られたもののはずだよ」

「……そう判断した理由は？」

「同じ型の作りかけの椅子が工房内に置かれていたじゃないか。誰でもわかる」

「そういえばパーツが置かれていたような……。あっ、だからヴィクトールさん、熱心に板材のほうを見ていたんですか」

なるほどと手を打つ杏に、ヴィクトールは冷たい視線を向ける。

「君の目ってやっぱりガラス製だな」

「違います。完成した状態じゃなかったから、工房にあったパーツがこのチェアと同一だってわからなかったんです！」

杏は力説した。それらのパーツを手に取ってしっかりとデザインを確認したわけではないのだ。……という主張はやはり苦しいだろうか。

「パズル苦手系女子だろ、君」

ヴィクトールは容赦(ようしゃ)なく追撃した。

「どんなカテゴライズです、それ」

観察力や推測能力のなさは自覚している。しかし人間とは、やり込められるとわかっていても、欠点を指摘されると反発したくなるものなのだ。

「パーツの形が同じでも！　加工前でしたら木材の色が違いますので、やっぱり同一のチェアだと気づきにくいですよ」

「なるほど。まあその主張は認めてもいいよ」

……おっ、と杏は驚いた。

ヴィクトールがまさかの譲歩(じょうほ)の姿勢を見せた？

「でもな、杏」

ずいっとこちらに身を乗り出され、杏は警戒した。

「こっちの椅子に関しては見逃せない」

「えっ」

「加工処理されていようと、本物のアンティークじゃないってことはすぐにわかるだろ。こんな位置に妙な意匠のロゴマークが刻まれているんだから」

と、ヴィクトールが身をよじって、自分が腰掛けているチェアの背もたれの下部——杏のチェアのほうにもあったクラウンのデザインを指で示した。

杏は、彼とチェアを交互に見た。

「ロゴマーク？　これってお店とかのイメージになるデザインだったんですか？　……クイーン・アン様式の椅子だから、さりげなくクラウンのデザインが入っているわけではなくて？」

「それは冗談のつもりか？」

おそるおそる尋ねた杏に、彼は真剣な顔で聞き返してきた。その問いに、冗談でもなんでもなく本気でそう思っていましたと答える勇気はさすがにない。

（ヴィクトールさんのこの表情、『杏の目はガラス製で間違いない』と確信している……）

あと、『君のセンスはどうなっているんだ』とも思われていそうだ。……なんだろうこの、パイン材はパイナップルの木ではないと指摘された時のようないたたまれなさは。

杏が無言で目を逸らすと、ヴィクトールが吐息を落とした。

「堂本亮太の工房名は『ロビン』だろうに」

え、今度はどうして工房名の話になった？

狼狽する杏を、彼は威圧するようにじっと見つめた。

「もしかして工房の入り口に取り付けられていたプレートにも気づいていなかったのか」

「それはちゃんと確認しました！」

これ以上、自分の評価を下げたくない……。

「だったら工房でパーツを見つけていなくても、この妙なロゴマークを目にしていれば、あそこで作られた椅子じゃないかと考えられるはずだ。――なんだ、機嫌の悪いチェシャ猫みたいな顔をして」

「奇妙な喩えはやめてください。私の顔を観察せずに、今の話の説明をしてください、早く」

杏が自分の膝を両手で叩いて忙しなく要求すると、ヴィクトールは珍妙な生き物でも見るような目付きをした。

「入り口のプレートは市松模様だったよな。店名はロビン。ロビンというのは日本語で駒鳥だ」

「はい、それが……？」

「チェスだよ。市松模様はチェス盤、駒鳥はそのまま、ゲームに使う駒を示している」

「チェスの駒？」

杏は目を瞠ったあと、背もたれの下部に刻まれている小さなロゴマークをもう一度確かめた。

「クイーン・アン様式だからクラウンのデザインを施したのではなくて、チェス駒の女王をイメージしたんだろう。たぶんこれが工房のロゴマークなんじゃないか？」

「あっ……！　そっちの女王のことですか！」

「なぜビショップやキングではなく、女王のデザインを選んだのかというと――」

「アンナちゃんですね！　彼女の名前のイメージともひっかけて、工房のロゴマークを決めたわけですね」

勢い込んで言う杏に、ヴィクトールはさらっと答える。

「七年前に工房を開いたと堂本亮太が口にしていた。その年数なら娘のアンナも既に生まれているんじゃないか？」

はい、と杏はうなずく。アンナの正確な年齢を知らないが、少なくとも七歳以上には見える。かわいい娘からの連想で店名やロゴマークを決めるという流れは、不自然なことではない。

「娘を溺愛（できあい）しているのはよく伝わってきたけれどもね。あの工房で保管されていた板材、ずいぶんと管理状態が悪いよ。機械も、埃（ほこり）が凄（すご）かった」

「それでヴィクトールさん、最初はきらきらした目で見ていたのに、だんだん厳しい顔つきに変わっていったんですか」

理由がわかって、杏は感心した。

亮太の口調にも、掃除をかなりさぼっていたようなニュアンスがこめられていた。おそらく機械に不具合が出るまで放置していたのだろう。いよいよまずいと焦（あせ）って、工房にいたスタッフが木工機械を掃除していたのではないか。

「なのに君は、俺の工房にいる時よりも楽しそうにしてさあ……」

ヴィクトールは舌打ちまじりに非難した。

「してません」

……多少は、していたかもしれないけれど。が、ここできっぱり否定しないとだめな気がする。

このままだと、杏が気づかなかった過去の失敗まで持ち出して責めてきそうだ。不利な状況を阻止すべく、杏は話題を変えることにした。

「それにしても、さっきは怖かったですね！」

「おい、君なあ」

「恐怖を打ち消すためにも！　ヴィクトールさんの椅子談義をぜひ聞きたいな！　一日一回は耳にしないと落ち着かない体質にされました」

嘘だ。……いや、嘘ではないかも。

「……あ、そう？」

「そうそう」

「いいことじゃないか、それ？」

ヴィクトールはころっと機嫌を直すと、表情をやわらげた。結構ちょろい……純粋なところもある人だよねヴィクトールさん、と微笑ましい気持ちになったことは秘密にしておく。

「うちの店のロゴって確か、シンプルにチェアのデザインですよね。背もたれ部分に柘植の葉っぱが入っていて。オリジナルチェアを扱っているほうの店名が『柘倉』だから、柘植の葉を使っているんですよね？」

先ほどロゴの話が出たのを思い出し、杏は尋ねてみることにした。

「うちの店も商品によってはロゴを入れていますよね」

そこは亮太の工房と同じでは……と言いかけて、ヴィクトールの「あそこと一緒にするな」と脅すような目付きに気圧され、杏は押し黙った。

ここに触れてはいけなかったか。話を変えよう。

「パーツの話に戻りますけれども、木目の向きが適当だといけないんですか？」

ヴィクトールは足を組み直すと、杏を見つめて優しく目尻を下げた。

「うん。たとえば、同一の樹幹から木材を切り出したのだとしても、樹皮側と芯側では強度が違っていたりする」

はしゃいだ声に、杏は小さく笑った。彼は一人で部屋にいられなくなって杏を探しにくるくらいの怖がりなのに、椅子の話になると途端に息を吹き返す。

だがそれは杏だって同じだ。

彼の椅子談義のおかげで恐怖がほろほろと身体から剝がれていくのがわかる。

これは本当に、一日一回の椅子談義が必要な体質にされてしまったかもしれない。

「樹幹の芯部分を心材、樹皮側のほうを辺材というよ。心材側のほうが堅いんだ」

ヴィクトールは、くるっと指で宙に円を描いて説明する。

「へえ……」

「木目には、柾目、板目がある。柾目というのは、芯に向かう形で切り出されている。板目は、板材の表に出る模様が波のような形をしているもののことだ」

年輪の出方のことだろうか。

「色々あるんですね……。牛肉の部位のような感じでしょうか。切り取る場所によってランクが違う、みたいな」

杏の極端な喩えに、ヴィクトールは目を瞬かせたあと、笑いをこぼした。

(いや待て私、喩えるにしたって牛肉はない……それになにか違う)

杏は猛烈に後悔した。もっと女子らしくて的確な喩えはなかったのか。

「だいたいそういう感じと思っておけばいいんじゃないかな」

でもヴィクトールの声がとても優しい。この人は絶対におもしろがっている。

「ランクというかね、柾目側のほうが高価なんだよ。板目のほうは板が割れたり反りやすくなったりするから、そのぶん安価になる」

「そうなんですか?」

杏は驚いた。牛肉のように部位で価値が変わるのではなく、板の切り方によって価値が変わるのか。

「木材を扱う際に注意しなければならないのは、板の反りの出方だ。環境……乾燥具合でどれほどの影響が生じるか、とかね。板目は、芯側に反るんだよ」

今日の彼の話は、椅子談義というよりは、基本中の基本である板材の種類についてだ。工房ロビンで実際にカッティングボードの製作をしたからだろう。

杏は穏やかに話を続けるヴィクトールの顔をぼんやりと眺めていた。

こんなに何度も怖い体験をしているのに、それでも逃げ出そうと思わないのはこの人が隣にいるからだ。

7

ヴィクトールの木材談義に一区切りついたのち、部屋へ戻ることにした。

なんとなく流れで杏も彼の部屋にお邪魔する。

先ほどの会話効果で精神的にはかなり楽になったが、もう少しだけヴィクトールと一緒にいたいと思ったのだ。

だがそこで、今度は別の意味で心を掻き乱されるはめになった。

いや、多少は杏にも原因がある……かもしれない。クイーンたちとの交霊会、ついでに昨夜アンナを工房へ送った時に聞かされた玉突き事故等の怖い話、さらにはドアノブの穴から誰かに覗かれたという悪夢の話、最後に、鏡の中の幽霊を目撃する前に眺めていた杏の心の傷となっている家庭崩壊の原因のメモについてまでも、「私たちの間に秘密は無しですよね！」と嫌がるヴィクトールを捕まえて洗いざらいぶちまけたのだ。

もやもやの塊をすべて吐き出せて、杏はとてもすっきりした。

とはいえ、これらの話の中でヴィクトールが唯一怯えずにすんだのは、杏のメモについてだけだ。

今もそのメモを持っているのかと聞かれたので、杏はもったいぶることなく財布からそれを取り出して彼に渡した。別段隠すようなものでもない。

ヴィクトールは神妙な顔をしてメモを眺めた。だがそんな態度を見せたのもせいぜい数十秒のことだ。すぐに興味を失い、つまらなそうに杏へメモを突き返してくる。

(知っていた。そもそも人類嫌いで、他人はどうでもいいと考える人だって)

薄情とはまた違う。ヴィクトールの中では、他人との線引きがしっかりなされているのだ。

彼の極端な性質はじゅうぶん理解しているけれど、杏はまだそこまで割り切った考え方を持てそうにない。それに、どんな内容のメモだったのかという好奇心だけ満たしてあとは知らんぷりするのも少しひどいと思う。

恐怖のお裾分けの一環で無理やり話を聞かせたのは杏のほうだから、冷たい態度を取られるのもある意味自業自得と言えるが、それにしたってもうちょっと反応があってもよくないか。

杏が濁った目をしたのに気づいたのか、ヴィクトールは最低限の気遣いを見せた。

「そんなに悩むことはないんじゃない？　君の母親が、君という娘を大事に思っているのは確かだ」

「……それは、わかっていますが」

杏は反抗したくなる気持ちを抑えて答えた。……思春期だなあというぬるい眼差しを向けてくるのはやめてほしい。

「ならなにも問題はないよ」

ヴィクトールは欠伸を嚙み殺すと、辛辣ではないが距離を感じる口調で杏を諭した。

「あとは夫婦間……ご両親の問題だろ。親にだってプライバシーはあるし、君ももうそのあたりを思いやれる年齢だ。時間が解決することもあるだろうしさ」

彼の言うことは正論だが、人の心ってもっと複雑じゃないだろうか。

確かに時間が解決してくれる可能性は高い。浮気疑惑が未だ晴れない父に対する母の怒りも、ぎくしゃくとした空気も、時間が宥めてくれるはずだ。そして二人もいつかは和解するのかもしれない。

（でも、解決したいのはそのいつか来る『未来の私』じゃなくて、『今の私』なんだけれどな……）

もっというなら二年前の、不安な日々に立ち尽くしていた『杏』だったのだ。

杏が精神的に未熟だから不満に思うのかもしれないが、時間がもたらす解決とは、言葉をごまかさずに言うなら『諦め』が他の感情より勝った結果なのではないか。

それは、見切りをつけたという状態となにが違うのだろう？

しかし恋愛事を忌避しているというだけではなく、家族愛に対しても複雑な感情を抱えていそうなヴィクトールに、これ以上杏の身内のゴタゴタを見せるのも気が引ける。この場で慰められたいわけでもない。

考え込む杏を眺めながらヴィクトールがもう一度欠伸をする。目が少しとろんとしていた。

「俺は今度こそ寝る」

「あ、休まれますか？　じゃあ私、行きますね」

色々と話をしてヴィクトールのほうも精神的に落ち着いたようだ。もう一人になっても大丈夫なのだろうと杏は考え、眠たげな顔をするヴィクトールに微笑んでベッドの端から腰を上げた。

杏たちはそれまでベッドに並んで腰掛けていたのだ。

ところが、ヴィクトールは急に訝しげな顔をして杏を見上げた。手首を摑み、再び隣に座らせる。

「いや、いろよ」

「はい？」

なんで、と杏は首を傾げた。寝るのではなかったのか。それによく見たら彼は外出着のままだ。杏がそばにいたら着替えにくいだろう。

「俺は学習するほうだ。もう一人では寝ない」

ヴィクトールは毅然と言い放った。

「どういうことでしょう」

ますますわけがわからない。ヴィクトールの変人度が増している。

「君も少し休んだら？　テレビを見ててもかまわないし」

「どこで」

「ここでだよ。一人で部屋にいるほうがまずい気がすると言っただろ。なら、二人でいればいいんだよ」

なにを言っているんだろうこの人、と杏は心から思った。

ヴィクトールのほうは「なんでそんな簡単なことがわからないんだ」とこちらの察しの悪さを苦々しく思っているような顔をしている。が、杏は声を大にして言いたい。違う、そういうことじゃない。

「君なんか俺よりよっぽど心霊現象に愛されているんだから、それこそ一人にならないほうがいいんじゃないの？」

「幽霊たちは遠慮を覚えて自粛すべきです。私にはもっと優しい愛で接してほしいです」

杏は全力で訴えたが、「なにを今更」みたいな冷たい視線を向けられる。

信じられないことにヴィクトールは三度目の欠伸をすると、着替えもせずにもぞもぞとベッドの中に潜った。

（ヴィクトールさん、自由すぎない⁉）

ここまで異性として意識されていないと怒りを通り越して虚しさがわき上がってくる。

杏は腹いせに毛布の隙間から飛び出ている金髪を引っぱってやろうかと思ったが、すぐに諦めて少しだけ室内のライトを暗くした。

テレビを置いているテーブルのほうへ移動し、そこの椅子に腰掛けて小さく溜息を漏らす。

消音にして適当な映画でも流そう。

しばらくそうして時間を潰したが、ヴィクトールが健やかに寝入っているのに気づき、テレビを消した。明かりで目を覚ましてしまうかもしれないと思ったのだ。

スマホの明かり程度だったら起きることもないだろう。杏は足元に置いていたバッグからスマホを取り出した。

亮太の工房にいる時にかかってきたらしく、雪路から二度ほど着信が入っている。

（あ、電池残量がやばい）

いつの間にか、残り六パーセントだ。

充電器は自分の部屋に置いてある。杏は少しためらったあと、テーブルの上に放置されていた鍵を借りて、充電器を取りに自分の部屋へ向かうことにした。

音を立てないように部屋を出て、施錠する。予備の鍵はないので、すぐにこちらへ戻ってくるつもりだった。

早足で薄暗い通路を進み、自分の部屋へ飛び込んだ。何分も部屋にとどまるつもりはなかったが、それでも念のためにと鍵をかけておく。

……でも、工房で作業をしたからか、身体が少し汗ばんでいる。

顔だけでも洗おうか。

そう迷い、ユニットバスの扉へ近づいた時だ。

がちゃっとドアのノブが回る音がした。

杏は動きを止めて、部屋の扉のほうを振り向いた。

誰かが通路側からノブを乱暴に回している。

（——いったい誰が、なんの目的で？）

ホテルスタッフが清掃に来たのか。いや、ホテルに滞在の間は清掃不要だと事前に断っている。だいいち、スタッフがノックもせずに客室の扉を開けようとするはずがない。

だったら、扉の向こうにいる相手は。

杏は少し惚けた。恐怖がじわじわと身体の中に広がる。

——まさか、あの悪夢が現実になった？

いや、あれも現実？

それとも今、自分は、本当は寝ているのか？

混乱するうちに、ノブを回す音は途絶えた。コツコツコツと、どこかで聞いたような、はっきりとした足音が聞こえ、やがて遠ざかっていく。

杏はたっぷり十分ほど硬直したのち、覗き穴から通路が無人であることを確認して、弾丸のように勢いよく部屋を飛び出した。そしてヴィクトールの部屋に舞い戻る。

（なにも考えない絶対考えない全部気のせいだし幽霊は本当に私への優しさを大事にして！）

杏は心の中で絶叫すると、隙間から金髪が覗く毛布の横に、ばたっと倒れ伏した。

8

いつの間にか杏は眠っていたらしい。

異性として認識されていないなどと嘆いていたはずなのに、自分も大概ではないだろうか。

杏は反省しながら瞼を擦った。室内のライトを明るくする。

隣で毛布に潜っていたはずのヴィクトールが消えていた。代わりに、自分の身体に毛布が乗っている。ヴィクトールがかけてくれたのだろう。

ヘッドボードの時計で時間を確認すると、夜の八時を回っていた。

（ヴィクトールさん、一人になりたくないとかって言っていたのに）

温泉にでも入りにいったのか。しかし部屋を出るなら杏のことも起こしてほしかった。

エアコンの静かな音が室内に響いている。眠気を振り落とせず、杏は少しぼうっとしたが、ふと不安を覚えてベッドから足をおろした。

テーブルに書き置きがあるのに気づき、目を通す。

思った通り、温泉に入りにいくとある。不用心なので鍵をかけていくとのこと。貴重品は持ち歩いているので、もしも杏が外へ出たければ施錠は気にしなくていいとも書かれている。

そうは言っても、鞄などは残ったままだ。念のために目を覚ましたことをメールで知らせておこうかとも思ったが、そういえばヴィクトールのスマホは杏のショルダーバッグの中じゃないだろうか。

床に置いていた自分のバッグの中を確認すると、やはり彼のスマホが塩漬けのままになっている。

杏はスマホをバッグに戻し、小さく伸びをした。

ヴィクトールが何時に起きて温泉へ行ったのかは不明だが、一時間もすればここに戻ってくるだろう。

なら、外へは出ずにここで待っていたほうがいい。

杏は、忍び寄る恐怖をごまかすためにテレビをつけた。

その時、コン、と扉が通路側からノックされた。杏の心臓も、恐怖にノックされたかのようにどくっと激しく鼓動を打つ。

全身に鳥肌を立てながら扉に視線を投げれば、再びのコンという音。

(嘘でしょ……)

杏はその場に頽れそうになった。起きた直後にポルターガイスト?

これで何度目だ。自分に対する怪異の愛が重すぎる。

これほど執拗に日常を脅かされるのだから、多少逆ギレしたって許されるだろう。

一周回って恐怖が怒りに変わった杏は、身体に力を入れ、バッグの中から塩入りの小袋をむんずと取り出した。

もう悪霊でも怨霊でも好きなだけ襲ってくればいい、愛の鞭ならぬ愛の塩を投げ付けて片っ端から成仏させてやる！

さあ来い、と杏は塩入りの小袋をいつでもぶちまけられるよう右手で握りしめ、左手で扉のノブを摑んだ。内側から鍵を外す場合は、握り部分の中央にあるひねりを回せばいい。

それをゆっくりと回し、ふーっと深く息を吐き出したのち、扉を勢いよく開け放つ。

塩をぶつけようとして振りかぶった右腕は、しかし空中でぴたっと動きをとめた。

扉の前に立っていたのは、ノックをする途中の仕草で固まっていた里江子だったのだ。

里江子は、振りかぶったままの杏を見上げて、怯えの色を目に宿した。

この体勢的に、殴られると誤解したのではないかと気づき、杏は慌てて腕をおろし、愛想笑いを作った。

「び、びっくりした、里江子ちゃんだったのかあ！」

明るく言ったつもりだが、なんだか妙にわざとらしさが漂ってしまった気がする。

案の定、里江子は身を強張らせたまま警戒の目で杏を見つめている。

（あ～！　てっきり幽霊の来襲に違いないと思っていたから、このパターンは予想外だった！）

里江子も災難だ。部屋をノックした直後、勢いよく扉が開かれたと思いきや、鬼のような形相の杏が現れ、全力で自分に殴り掛かってこようと――いや、塩をぶちまけようとしてきたのだから。

「それ……塩?」

里江子の視線が、杏の手に握られている塩へ向かう。

「や、こ、これはその、気にしないで!」

杏はしどろもどろになって答えた。扉が勝手に閉まらないよう片手で押さえながら、塩入りの小袋をささっとショートパンツのポケットに突っ込み、証拠隠滅を図る。

里江子の、こちらの正気を疑うような目がつらい。

「こんばんは、里江子ちゃん! 私になにか用だった?」

杏は引きつった笑みを浮かべて尋ねた。そのあとでふと疑問が湧き、首を捻る。

「よく私がヴィクトールさんの……別の部屋にいるってわかったね?」

里江子は髪の先を指で弄りながら、まだ怯えの残る硬い表情でこくっとうなずいた。

「だって杏たちはホテルスタッフの間で有名だよ。皆、部屋番号を知っているし……。私のお母さん、ここで働いてるもの」

そうだった。三日月館のスタッフの間では、ヴィクトールはお忍び旅行に現れた芸能人にされているのだった。

「先に杏お姉さんの部屋に行ったんだけれど、返事がなかったからこっちにいるんじゃないかと思って来てみたの。……恋人と一緒にいる時にお邪魔してごめんなさい」

里江子は、しゅんとした声で謝罪した。

「全然お邪魔じゃないよ、それに今ヴィクトールさんはいません！　温泉に入りにいっています」

杏は早口で言い訳をしたあとで、どちらにせよ自分がヴィクトールの部屋にいる事実は変わりないということに気づいた。顔から火が出る思いとはこのことだ。

「あのね、ヴィクトールさんは本当に恋人じゃないよ。今は、そう、仕事の話をするために、この部屋にいるだけだからね」

「ん、わかってるよ、杏お姉さん」

慈愛のこもった微笑を見せられて、杏はもう一度心の中で「あ～！」と叫んだ。

だめだ、なにを言っても誤解が解けそうにない！

「えーと、それで！　どういうご用件かな？」

説得を諦めて、杏は話を進めることにした。

「……杏お姉さんに、ちょっと急いで相談したいことがあるの」

里江子も表情をあらためると、どこか思い詰めたような声で言う。

話が長引くなら休憩スペースにでも移動したほうがいいだろうか。ここはヴィクトールの部屋なので、無断で他人を入れられない。しかし場所を移すとなると、施錠の問題が出てくる。

「私に相談って、もしかしてアンナちゃんに関係する話？」

杏たちは女王同盟を結んだ仲だが、はっきり言うなら接点はそこだけだ。相談内容は限られている。

「私たちの事情を知っているのは杏お姉さんだけだから。他に相談できる人いなくて」

「うん、私でよければ相談に乗るよ。なにか困ったことでも起きた？」

杏が優しく促すと、里江子は目に見えてほっとした顔になる。

「アンナを急いでとめてほしいの」

「とめる……？　なにを」

里江子の頼みに不穏な気配を感じて、杏の声も自然と硬くなった。

「一人で、また交霊会をやるって」

杏はひゅっと息を呑んだ。

「ど、どうしてそんなに交霊会をしたがっているの？」

「――私たちが死後の世界でも本当に一緒にいられるのか、どうしても幽霊に聞いてみたいんだって。私がもうやめようって言っても耳を貸してくれないの」

身体を緊張させて俯く里江子のつやつやした髪を、杏は短い間見下ろした。

アンナとお揃いのゴスロリ服に身を包んでいる少女。一見、仲睦まじげだ。閉じられた世界に二人だけ、という誰も寄せ付けないような妖しい雰囲気を持っている。

けれども、わずかに引っかかるものがあった。彼女たちの恋心……友情よりも濃い感情は、同じ熱量を持ってはいない気がしたのだ。

「……もしかしてだけれど、里江子ちゃんは、心中したくない？」

杏が静かに尋ねると、里江子は、はっと顔を上げて泣きそうな顔をした。いたたまれなさと後ろめたさの覗くその表情のまま、「うん」と小声で肯定する。

「アンナのことは、もちろん大好きだけれど……、一緒には死にたくないよ」

「そっか」

「私が引っ越しして遠く離れても、不安になることなんてないのに。電話だっていつでもできるし、学校のない日に会いにだって行けるし」

杏が真剣に話を聞いてくれるとわかってか、里江子は封じ込めていた本音を苦しげにぽろぽろと吐き出した。

彼女が心中に消極的かもしれないことは薄々感じていた。性格的に大人しめなのだろうとは思ったが、それ以外の部分で、熱烈に死を望むアンナの勢いに流されているような印象が見受けられたのだ。

はじめは心中も交霊会も、単なる遊びの範疇だったのかもしれない。あくまでもそれっぽい雰囲気を楽しむための遊びだ。だが、里江子の引っ越し話で事情が変わった。アンナばかりが本気になってしまった。

「たぶん、アンナちゃんも私が死にたくないって思っていること、気づいてる」

里江子は憂鬱そうにこぼす。アンナの強い感情が負担になりつつあるのだ。

「……だからなおさら、アンナちゃんが焦っている？」

「そうなの！　それでもう一回交霊会をやるって言い始めたんだと思う。午後にやった時は、その……失敗しちゃったから」

杏は苦い思いを抱いた。

なるほど、里江子は——というよりアンナは、日中の交霊会が失敗したのは落ち着きがなかった杏にあると思っているのかもしれない。

（私をもう一回参加させたかったのに、里江子ちゃんに交霊会そのものを拒否されて、意地になって一人でやると言い始めた、ってあたりかな）

里江子はアンナをとめられず、困り果てて杏を探しに来たのだろう。

「アンナちゃんはさっきと同じ部屋でするって言っていた？」

杏がそう確認すると、里江子は眉を下げて首を横に振った。

「ううん、その部屋は夜からお客さんが泊まる予定で、もう入れない」

「それじゃあ、どこで？」

「アンナのお父さんの工房だよ」

「ロビンさん？」

「うん。アンナのお父さん、今日は早めに工房を閉めて友達と飲みに行くんだって。だから交霊会をしてもバレないってアンナが言ってた」

お願い、と里江子が杏の手を握る。怯えのせいか、彼女の小さな手はとても冷たくなっている。それが杏にはなんだか頼りなく、かわいそうに感じられた。この手を振り払ったら里江子が泣いてしまうのではと思えてならなかった。

「アンナを説得してくれる？　最近のアンナ、怖いの。すごく思い詰めていて、本気で……死んだあとでも私といられる方法を探そうとしているんだ」

里江子が縋るように杏を見上げて、手を揺らす。

「工房まで一緒に来て」

その言葉に杏は抵抗できなかった。彼女の手に引っぱられるまま動いて、通路に出る。自分の背後でぱたんと部屋の扉が閉まった。振り向こうとする杏の未練と戸惑いを敏感に察したようで、里江子は指に力を入れた。

（鍵……、どうしよう）

まさかヴィクトールはこういう緊急事態を予測して、施錠しなくてもいいと書き置きしたわけではないだろう。だが実際にあの書き置きがなければ、いくら里江子に同情しようとも杏は部屋を出なかったはずだ。少なくともヴィクトールが戻ってくるまで待ってもらい、事情を説明してから里江子に協力することを決めたに違いない。

　杏は自分の手を引っぱって先導する里江子の、歩みに合わせて揺れるつややかな髪を眺めながら、戸惑いを強くした。せめてヴィクトールに一言残していくべきだっただろうか。

　それに、こんな時だというのに、身体は正直なものでやけに空腹を覚えていた。思い返せば今日はまだ一食しか口にしていないのだ。喉も渇いている。

　だが、女王同盟効果なのか、どうも杏はこの子たちに抗えない。目を離したら消えてしまいそうな危うい雰囲気が彼女たちにはある。それが、見過ごせないという責任感のようなものを杏の心に植え付ける。

　里江子とともに通路を進み、階段でフロントへ向かう。そこからも迷うことなく早足でホテルの入り口を通り抜け、細い月がかかる夜の中へと飛び出す。

　工房へ続く坂道はしんしんとしていた。人どころか車さえ通らない。電灯に集まる小さな羽虫の音さえ聞こえてきそうな静寂に包まれている。

　それほど辺りが静まり返っているものだから、杏と里江子の靴音がやけに大きく響く。里江子が履いているエナメルの靴の、コツコツという硬い音。杏のスニーカーが立てるトットッという軽い音。

　杏はなんだかゴーストタウンにいるような気持ちになった。坂道の下にあるのは死者の国で、自分たちはそこを目指しているかのような。

まったく馬鹿げた妄想だが、それでもどうしたことか寒気がとまらず、目が眩む。
杏たちはしばらく無言で進んだ。

坂道を下り切ったあたりで、杏は急に、なんでもいいから里江子と話をせねばならないといった焦燥感に襲われた。ここへきてやっと危機感が働いたというべきか。

工房には行きたくないと、心の一部が強く訴えかけてくる。

「ねえ、アンナちゃんがそこまで深く思い詰めているのなら、お母さ……堂本さんに相談したほうがいいんじゃないかな」

杏は途中で言い直し、ひやりとした。無神経な発言をしてしまうところだった。アンナのところには母親がいない。ひょっとすると母親の不在も、無意識のうちにアンナに孤独感を植え付けているのではないだろうか。それが里江子への、友情を飛び越えた執着のひとつになっている気がするのだ。

「他の人じゃだめ」

里江子は振り向かずに答える。

坂道の下に左右に伸びている通りもやはり無人で、木々に囲まれた護国神社の敷地の向こうに焼肉店、蕎麦屋などが並ぶ。電飾はぴかぴかと輝いているが、客が入っている様子はない。大きな蛾が電飾に体当たりするかのように何匹も飛び回っていた。その動きがまるで死にたがっているように見えて、気味が悪くなる。

「……どうしてだめなの？」

杏は、電飾のまわりを飛ぶ蛾のほうに奪われていた意識を里江子に戻し、小声で尋ねた。夜の空気は生ぬるく、息がしにくい。

「杏お姉さんの言葉じゃないと、アンナに届かないよ」

「そりゃクイーン仲間だと思ってくれるのは嬉しいけれど……」

「違うよ」

やけにきっぱりと里江子は否定した。繋いだままだった里江子の指に力がこめられる。

杏は、振り向かずにずんずんと前を進む少女の背中を凝視（ぎょうし）した。フリルのスカートがふわふわ揺れていた。

「違うって、他に理由があるの？」

杏が聞き返した時、家具工房ロビンに到着した。

里江子は慣れた様子でからからと引き戸式の扉を開けた。中に入る前に、ちらっと杏を見上げる。

「だって杏お姉さんは、アンナの姿が見えているんでしょ？」

「――は？」

なにを言われたかわからず、ぽかんとする杏の手を里江子は引っぱり、工房へと入った。

「えっ、待って。見えているって、どういう意味――」

杏の問いかけは、暗闇に飲み込まれた。ぞっとしたのは一瞬で、すぐに工房内の明かりがつけられる。里江子が入り口の脇にあるスイッチを押したのだ。といっても工房全体ではなく、作業台の上部に取り付けられている電球のみだったので、室内はずいぶんと薄暗い。

杏は中央の作業台に目をやって、身を硬くした。

アンナが作業台に腰掛けて、里江子と揃い(そろい)の、エナメルの靴に包まれた足をぶらぶらさせていた。彼女は昼間に使用したものと似たＬＥＤキャンドルを両手で持っていた。

里江子は杏の手を握ったまま、アンナに近づいた。

「あーあ、里江子ちゃんったら、やっぱり杏を連れて来たんだ？」

アンナが視線を手の中のＬＥＤキャンドルに落として、拗ねた(すねた)声を出す。カチッカチッとＬＥＤキャンドルのスイッチをつけたり消したりしながら。

杏の頭の中では、先ほどの里江子の一言が羽虫のようにぐるぐると回っている。――アンナの姿が見えているんでしょ。

その意味を理解した時、なにが起こるのか。

目眩(めまい)が強くなった。

（これ以上彼女たちの話を聞いちゃいけない）

そう焦りは募る(つのる)ものの、身体が動かない。金縛り(かなしばり)に遭っているかのように、指先まで恐怖でびりびりしている。

「里江子ちゃんの嘘つき」

アンナがLEDキャンドルのスイッチを入れる手をふいにとめて、低い声でつぶやく。

「一緒に心中してくれるって約束したじゃない」

恨めしげにそう言って、ゆっくり視線を上げ、杏たちを見る。

その濁った瞳を見つめ返した瞬間、杏の背中をぞわぞわと寒気が這い上ってきた。

あぁだめだ、気づきたくない。わかってしまったら、もっと目眩が強くなるのに。

でも、この子は、アンナは、ひょっとして――。

「私、まだ死にたくないよ」

里江子が小さく、だが強い意志のこもった声で答える。彼女の拒絶に、アンナは傷ついた顔をした。

「ずるい」

怒りを凝縮させた暗い声に、責められた里江子よりも傍観者の杏のほうが圧倒された。

「そんなのずるいよ。私だけが、つらい思いをしてる」

「でも、死にたくないんだもの……」

里江子が必死に本音をぶつける。杏の手を摑んでいる細い指に、力が入っている。

「許さない、今更一人だけ逃げるなんて」

アンナは、放り出すようにLEDキャンドルを作業台に置くと、音もなく床に飛び降りた。

きつい目で里江子を見据える。

「我が儘言わないでよ、里江子ちゃんは私と心中するの」

アンナは冷たい口調で言った。

「私と死ぬの。死ななきゃならないの！」

「やだよ！」

「私のこと好きって言ったじゃない！」

激高するアンナに、里江子はわずかに怯んだ。

「私も好きって返した、だから私たちは両思いでしょ、そうでしょ⁉」

「そうだけど、心中なんて、そんなの……」

「ずっと一緒にいようねって約束した！　恋人は一緒にいるものだよ、離れちゃだめなんだよ、絶対に、離さない‼」

アンナの、殴り付けるかのような激しい怒声に、杏はびくりと肩を揺らした。

彼女の怒りが工房内に充満している。それが身体を圧迫している気がする。

杏は、彼女の体内にいるようだと思った。薄暗く、埃臭く、息苦しい胎の中。

脳裏をよぎったその不吉な想像に、我ながらぞっとした。

「――そう言うと思ったから、私の代わりに杏お姉さんを連れて来たんだってば」

里江子がアンナの怒りを鎮めようと、甘えの滲む口調で言い募る。

「杏お姉さんなら、いいでしょ？　だって女王同盟の仲間だもの、文句ないよね！」

二人の言い争いを茫然と眺めていた杏は、里江子が明るく披露したその提案に、忙しなく目を瞬かせた。アンナからゆっくりと視線を引き剝がし、信じられない思いで里江子を見下ろす。

「いいって、なにが？」

かすれた声で問う杏に、里江子が困ったような表情を見せる。

おかしい。

交霊会を強行しようとするアンナをとめるために、杏はここへ連れてこられたはずではないのか。

「あのね、杏お姉さん。アンナのお父さんも不幸なの。アンナがもういないって認められなくて、ずっと生きてるみたいに振る舞っているのよ」

里江子は、片手を頰に当てて、溜息を落とす。

「それで皆、かわいそうって同情してね、アンナのお父さんに話を合わせてあげているの」

「ねえ、待って。お願い、ちょっと待って」

杏はよろめきそうになった。

頭が痛い。

なにを言われているのか、よくわからない。

わかりたくない。

アンナが生きているみたいに、振る舞っている……？

「私も最初はそうしていたんだ。アンナのお父さんが心配だったし。私自身もしばらくはつらすぎて、アンナがいなくなったことを受け入れられなかった」

滔々と語る里江子を、杏は言葉もなく見つめる。

「でもそう振る舞ううちに、アンナの姿が本当に見えるようになったの！」

それは、笑顔で言うことなのか。

里江子の無邪気さが、怖い。

「アンナね、一人で寂しいんだって」

「──当たり前でしょ、誰も私に気づいてくれないんだもの」

アンナがきつい口調で吐き捨てる。

杏は、彼女のほうを向けなかった。冷や汗が背中の中心を伝う。その感触に、身をよじりたくなる。

「でも、昨日の夜、アンナちゃんは堂本さんと会話をしていたはずでは……？」

杏は混乱しながらも口を挟んだ。悪あがきであろうと、まだはっきりと気づきたくない。

これも毒薬と同じで、ちょっとした冗談ではないのか。

騙されやすい杏を二人でからかうつもりなのでは？

「杏ったら本当に鈍い。あんなの、パパのお芝居に合わせてあげていただけよ！」

アンナもまた、無邪気に笑った。

杏はその場に座り込みそうになった。お芝居だったと言うなら、ここにいるアンナは。

「アンナちゃんは——もういない子なの？」

「そうよ」

杏の問いに、アンナは当然のように答える。

「死んでいるの？」

「昨日説明したでしょ、ここで玉突き事故が起きたって。何人も死んだの。死んじゃったの。私も死んじゃったの。でも天国がわからない。私、死んだのにまだここに縫い付けられているんだもの。ほんと変なんだ、私だけずーっと同じ日々を繰り返してる。事故が起きるまでの運命の数日を」

「事故の——」

「うん。パパと歩く夜の帰り道も繰り返してる。その時に、事故が起きるよ、って教えてあげても、パパにはうまく言葉が届かない。だから交霊会をして、天国にいる幽霊を呼びたかったのに」

アンナは不満げに頬を膨らませた。

「私はもう一回、里江子ちゃんと死にたいの。死に直したいの」

誤りを正すのだ、という口調だった。

杏はもう、なにも答えられそうになかった。目眩がひどい、これは現実なのか、夢なのか、それさえ疑わしくなってくる……。

気がつけば、里江子の手は杏から離れていた。

その代わりに、目の前に立ったアンナがこちらへ手を伸ばしてくる。

「ね、杏が私と一緒にいてくれるの？」

杏は薄暗い中にぼんやりと浮かぶアンナの白い指を、おののきながら見つめた。細い指は、まるで骨そのもののようだった。

杏は首を左右に振った。アンナが笑みを消して杏を睨む。工房内の空気が再びアンナの怒りに染まり、暗さを増す。

でも、嫌だ。

一緒にはいられない。私はあなたの恋人じゃない。私が好きなのは、あなたじゃなくて。

「――いや、無理」

そう答えたのは、杏ではない。

知らず後ずさりしていた杏の背中に、とんとなにかが衝突する。そこにあるはずのない壁に驚き、杏は飛び上がりそうになった。その動きを予測していたように、誰かの手が肩に乗った。

杏は戦慄した。仰ぐようにして背後をうかがい、唖然とする。

「……ヴィクトールさん⁉」

なぜここに？

というか、本物⁉ 幻⁉

「どっ、どうしてヴィクトールさんが！ えっ、これってやっぱり夢ですか！」

「うるさい。大声を出すな」

ヴィクトールは、慌てふためく杏を厳しく叱った。すぐに彼の視線はアンナたちへ向かう。

「この子は無理。俺といるので、よそにやれない」

「――でも杏は、私たちの仲間よ」

アンナが抑揚のない声で言う。

「私たち、女王なの。特別な繋がりがあるの」

「だからなに？ 特別っていうなら、俺は彼女の先生だし、一番の男だけど？」

文句ある？ とでもいうようにヴィクトールはせせら笑う。

（なんでアンナちゃんと張り合っているんですか。そういう場面じゃない！）

杏はつかの間恐怖を忘れて、心の中で突っ込んだ。

あぁそういえばこの人は、前にも幽霊相手に椅子のプレゼンをするという奇行に走っていたっけ。ここぞという場面でのヴィクトールの剛胆さはなんなのか。

「杏も、私を選んでくれないの？」

「選ばない。君とは心中しないよ。杏も俺と同じでなかなか人類嫌いなたちなんだ。なぜ君のような人類と手に手を取って死ななきゃいけない」

アンナの恨みのこもった訴えにも、ヴィクトールは強気で返す。

（ヴィクトールさん、お願いだからここで勝ち誇った顔をするのはやめて……）

そしていつの間にか、嬉しくない仲間意識を持たれている。

杏は茫然自失の状態ながらも再び胸中で突っ込んだ。なんだかもう、凄い。ヴィクトールの、恐怖を掻き消す奇人ぶりが一番凄い。

「でも俺は無慈悲じゃないからね、君には代わりに、『毒薬』をあげる。これで好きにしたら？その里江子だかなんだかという少女と心中すればいいだろ」

そう冷たく言うと、ヴィクトールは見覚えのある小瓶を、こちらへ腕を差し出したままだったアンナの手にぽとっと落とす。

あれは、彼女たちから預かったピンクソルトの『毒薬』だ。

「ヴィクトールさん！」

杏は、ついに声に出して突っ込んだ。なんてことを言うのか、この人は。

「もう君たちとは遊べないから、声をかけないでくれ。――杏、俺が死にたくなる前に、さっさと帰るよ」

ヴィクトールは杏の声も聞き流すと、強い力で腕を掴み、外へ出ようとした。

アンナも里江子も、無表情でこちらを見ていた。

「とまってください、ヴィクトールさん。あそこに里江子ちゃんを置いていけません！」

工房を出てすぐ、我に返った杏は声を張り上げた。

里江子には生贄（いけにえ）にされそうになったことへの恐ろしさや怒りを感じるものの、それでもあの場に置き去りにするわけにはいかない。アンナが本当に、死者であるなら尚更（なおさら）だ。

「いいんだよ」

「よくないです！」

「俺が、いいと言っているんだから、聞け」

ヴィクトールは断固として杏の主張を受け入れなかった。

杏の腕を摑んだまままずんずんと急ぎ足で道を進む。

「でもこのまま置き去りにして、もしも里江子ちゃんになにかあったら……！」

「なにもない」

ヴィクトールは辛辣（しんらつ）に言い捨てた。

よく見ると彼の腕に鳥肌が立っているし、顔色だって悪い。見栄を張っているが本当は怖がりな人なのだ。

かなり無理をして助けてくれたのでは、と杏はようやく思い至る。

「あの子もとっくに死んでいるんだよ。なんの問題もない」

ヴィクトールの一言に、杏は息を殺した。

里江子ちゃんも?

とりあえず明るい場所へ行きたい、と願うのはなにも電飾に群がる羽虫ばかりではない。

恐怖体験をした人間だって、心の底から切実に明かりを求めるものなのだ。

あのあと杏（あん）たちは、三日月館（みかづきかん）へ戻る途中にある焼肉店に飛び込んだ。

細長い作りの店で、通路の左側には仕切りのあるテーブル席が並び、右側にはカウンターや調理場、積み重ねたビールの樽（たる）などが飾られている。客は店長の友人らしき男性が数人、カウンターに近い奥側のテーブル席でのんびりとビールを飲んでいるくらいで、他には見当たらない。

杏たちは入り口近くの席に陣取った。席ごとに仕切りが設（もう）けられているけれど、個室とは違う。奥側のほうに座ると、談笑中の男性客にこちらの話を聞かれてしまう。

「どうせだからここで食事もすませよう」とヴィクトールが言い、カルビやらホルモンやらキャベツやらを次々と注文する。

（そういえば、空腹なんだった）

怒濤の展開のせいで空腹感を忘れていたが、注文を終える頃には現金なもので、杏も食欲が戻っていた。

安全な場所でヴィクトールと向き合っていると、先ほど味わった恐ろしさも少しずつ薄まっていき、ずっと白昼夢でも見ていたのでは、という都合のいい考えすらじんわりと浮かんでいる。

「いただきます」

二人で、食事の挨拶。その後、なにもかも脇に置くことにして、杏たちは無言で肉や野菜を焼き、口の中に詰め込んだ。意外にも、という評価は店に失礼だが、ホルモンは噛み心地もよく、野菜も新鮮で美味しかった。

腹が満たされると身体からも余分な力が抜ける。ほうっと息をついて、杏はやっと冷静になった。しかめっ面で焦げた焼き肉をつまみ上げ、網の脇へ退けているヴィクトールに質問をする。

「――本当に里江子ちゃんは、亡くなっていたんですか?」

「そうだよ」

ヴィクトールはトングを皿に戻すと、ウーロン茶を一口飲み、溜息とともに言葉を吐き出した。

「いや、君。休めと言ったのは確かに俺のほうだけれどさあ。本当に俺の横に転がって寝るか?」

うっと杏は息を詰めた。

そこから攻めてくるのか。

ヴィクトールは諦めたように、疲れた顔をする。

「まあいい。ともかく君が寝入ったあと、俺は一階の温泉へ行くことにした」

言われてみれば、ヴィクトールの服が微妙に変わっている。シンプルなトップスにダークグレーのパンツだ。

「あそこの工房がずいぶんと埃っぽかったから、気になって眠れなかったんだよ」

……もしかして杏がテレビをつけたりスマホを見たりしている間も起きていたのだろうか？

「埃と汗を洗い流してさっぱりしたあと、少し気になったことがあったんで、ホテル内を歩き回ったんだ」

「気になったことってなんですか？」

杏はデザートのヨーグルトアイスを注文するか悩みながら尋ねた。糖分がほしい。

「あの少女たちに対して違和感を持ったんだよ。ただ、俺が彼女たちを見たのはさっきがはじめてだ。君が毒薬を預かった時は、まだ彼女たちが——いないはずの存在だとはわかっていなかった」

杏は話に集中するため、メニュー表からヴィクトールに視線を戻した。

「ホテルスタッフの娘という話だから、確かにバスアメニティのソルトは手に入りやすいかもしれない。君にも、格式張ったホテルじゃないので従業員の子どもが遊んでいても目を瞑ってくれていると俺は言ったよな」

ヴィクトールはそこでいったん話を切り、テーブルの端に置かれている呼び出しボタンを押した。寄ってきた店員にヨーグルトアイスを注文してくれる。自分にはハーフワインを。

杏の前で酒を飲むとは思わなかったため、少し驚く。……よほど精神に深刻なダメージを受けたようだ。

「……だが、彼女たちは目立つだろ。ゴスロリファッショシの少女二人だ」

「はい」

「そんな派手な恰好の子たちが毎日ホテル内をうろついていたら、神経質な客が苦情でも言いそうなものだろ。スタッフ全員が身内というわけでもなさそうだし、なぜ彼らだけ特別扱いなのかという不満だって出るかもしれない。館内を見回ってみると、一流ホテルではないが、子どもを毎日遊ばせていいというほどアットホームでもないように思えた」

空の皿を重ねて隅に寄せる杏の動きを眺めながら、ヴィクトールは考え込むようにこめかみを指で押さえる。

「そこで俺は、フロントのスタッフに尋ねてみた。このホテルで堂本アンナと安西里江子という少女がよく遊んでいるのかと」

「……それで？」

杏はつい背筋を伸ばし、膝に両手を置いた。

去ったはずの恐怖が忍び足で近づいてきた気がする。ヴィクトールの表情も硬い。

「一年前は、いたそうだ」

「一年前」

杏たちはそこで同時に黙り込んだ。

タイミングよく、といっていいのか、店員がハーフボトルのワインとグラス、それにヨーグルトアイスを持ってくる。注文したものをテーブルに置くと、空の皿を下げてくれた。

ヴィクトールは光のない目でどぼどぼとワインをグラスについだ。それを水のようにごくごくと飲む。ワインってそんな飲み方をするものだっけ……と思ったが、杏自身も貪るような勢いでヨーグルトアイスを口に運んでいるので、人のことはとやかく言えない。

「三日月館前を経由するツアーのバスがね、この近くで玉突き事故を起こしたそうだ」

杏は、口にスプーンを突っ込んだままの状態で動きを止めた。

……玉突き事故って、つまり。

「その時、家族旅行のためにワゴンを走らせていた堂本亮太、安西夫婦と彼らの娘たちが巻き込まれて亡くなったんだって」

「……はい？」

新聞記事でも読み上げるかのように淡々と告げるヴィクトールの顔を、杏は茫然と見つめた。

「先に娘たちが息を引き取ったのだとか。親たちのほうは一度意識が戻ったものの娘の死を知ったショックで気力を失ったらしく、やはり数日後には亡くなったそうだよ」

ヴィクトールは空になったグラスをテーブルに戻すと、またも深々と溜息をついて、手を組み合わせ、そこに自分の額を押し付けた。杏はぎこちない動きで口からスプーンを抜き、苦悩のポーズを取っているヴィクトールの金髪を見つめた。

「ごめんなさい、お話の意味がわかりませんでした。でも、大丈夫です。アイス美味しいです」

「現実逃避するなよ。亡くなっていたんだ。全員」

ヴィクトールはそのポーズのまま早口で告げた。

「全員。……全員⁉」

杏は仰け反った。椅子が、がたっと音を立てる。

「そうだよ。ホテルスタッフの話を聞いたあと、俺は本当にそんな事故があったのかスマホで過去のニュースを確認した。その際に君のバッグを勝手に開けたことは謝る」

「ま、待っ……待っ……てください。えっ、私たち、工房でカッティングボード作りましたよね⁉」

全員死亡していた、という話が事実なら、今日の昼時に工房で指導してくれた亮太も——死者だった⁉

さああっと血の気が引くのが自分でもわかった。

「作ってしまったな」

顔を上げて重々しくうなずくヴィクトールの瞳が、かつてないほど濁っている。

「道理で、工房内が埃っぽく、木材の保管状態も悪かったわけだよ。……手入れをする人がいなかったんだろうな」

そりゃあワインもごくごくと一気飲みしたくなるはずだ。

信じられない。信じたくない。

——が、今の話を聞いて、いくつかなるほどと思うことがあった。

そのひとつが、交霊会を行ったデラックスルームについてだ。

そもそもホテルは満室のはずである。杏たちは運よくキャンセルが出たから三日月館に宿泊できたのだ。

というのになぜ、デラックスルームは空いていたのだろう？

そこを借りていた客が既に出たあとだとしても、いつ清掃が入るかわからない。次の客が早く来る可能性もある。誰かに見咎められる危険が高いのに、あんなにも堂々と侵入するだろうか。だいいち、どうやってそこの鍵を手に入れられるのか。あの時は流してしまったが、いくら里江子の母親がホテルに勤めているのだとしてもやはり無理がある。

でも、二人とも死んでいたなら、話は別だ。鍵だろうがなんだろうがある意味、好き放題にできるのではないか。

もうひとつが、昨夜アンナを工房に送り届けた時のことだ。

アンナは、心を壊した父親のために会話を合わせていたと言った。つまり、亮太は自分が死んだことを自覚していない。あるいは……死者同士であっても、アンナの姿が見えていないという意味になる。パイン材のエピソードを聞かせてくれた時に亮太の様子が少しおかしかったのは、この辺の矛盾(むじゅん)が原因ではないだろうか。心が壊れたと言いつつも、どこかでアンナはもうこの世にいないことがわかっていたのでは。

そしてアンナのほうも父親が死んだとは思っていないようだった。里江子に心中を強要していたのだって、結局は一人で寂しいという理由があったからだ。

だが、どう見ても昨夜のアンナと亮太は、きちんと互いの声を聞いて会話をしていたように思える。

この矛盾はなんだろう、と考えて、普段は働かない勘が珍しく冴え渡った。

先ほどヴィクトールは彼らが時間差で亡くなったというような話をした。

そこを踏まえて――こんなふうには考えられないだろうか。

アンナが工房へ行って父親と家へ帰るのは、きっと毎日の『習慣』だ。彼らの中でそれが、死後も強く印象に残っていたのだとしたら。

その強烈な習慣の記憶が、杏というイレギュラーな存在をまじえながらもあの場面で再現されていたのではないか。

父親の亮太も、同じように特別な時間と思っていたに違いない。

この推測はそこまで的外れではないはずだ。アンナも工房で口にしていた。「運命の数日」を繰り返していると。最後の日まで行われた『習慣』は、なによりも鮮烈に彼らの中に焼き付いているのだ。

けれども彼らは、死亡したタイミングが異なる。

このバラバラの死亡時刻が、彼らの意識もちぐはぐにさせている気がする。

先に死んだアンナは亮太までも死んでいるとは思っていない。亮太は一時、危険な状態から持ち直したものの、アンナの死を知って気力を失った。そして幽霊になったあとも、アンナの死を受け入れられずに心を壊し、彼女が生きているように振る舞っている。

そんなアンナと亮太が互いを認識できる唯一の時間が、あの帰り道だったということにならないだろうか？　ただし、亮太はアンナの死を拒絶しているので、「事故が起きる」と教えられても決してそれを理解しないのだ。

（……どうして私はこういう時だけ閃いてしまうんだ）

もっと別の時、テストの時とか椅子談義の時にお願いしたい！

「……ねえヴィクトールさん、『ツクラ』に帰ったら、私たちのもとにあのカッティングボードが届くんでしょうか」

不吉な勘ばかり働く自分が憎い。

「……俺はあと数日帰らないことにする」

二人は目を逸らし合った。だがすぐにヴィクトールが腹を立て始める。

「君さぁ、なんで勝手に部屋を出たんだよ。ああいう書き置きを残しておけば、君は俺の荷物を気にして部屋から出ないと思ったのに」

意外とこの人は杏の行動を読んでいる。

「里江子ちゃんが迎えに来たので、断り切れず……」

「幽霊少女が」

「里江子ちゃんが」

二人は再び互いの顔から目を背けた。

「私がいないとわかって、ヴィクトールさんは探しに来てくれたんですね」

一連の流れを整理すると、ヴィクトールがホテル内を見回ったりスタッフに話を聞いたりしている間に杏が起きた。杏は、里江子とともに家具工房ロビンへ。その後にヴィクトールが部屋に戻ってきて、杏の不在に気づく。スマホでアンナたちの死が事実であるとわかったのち、ヴィクトールは急いで工房へ駆けつけた。……こんな感じで合っているはずだ。

杏がホテルを出たことは、ロビーを通過する姿を目撃していただろうフロントスタッフに聞けばわかることだ。アンナたちが関係しているのはホテルと工房のみなので、他の場所を探す必要もない。

「里江子ちゃんはアンナちゃんと違って、自分が死者だとわかっていない気がしました」

杏の発言に、ヴィクトールは微妙な表情を浮かべた。

「知っていたと思うよ。君を身代わりにしようと目論んだ時点で、彼女の悪意がわかる」

悪意という言葉の強さに、杏は怯んだ。

(私が未成年じゃなければ、ワインを一気飲みできたのに……!)

今ほど一刻も早く大人になりたいと感じたことはない。

それにしてもだ。

——結局は、アンナの一人相撲だったのか。

里江子にも死者の自覚があったのに、アンナと一緒にいることを本音では拒んでいる。

アンナも、里江子が死者だとわかっていたはずだ。「もう一回、里江子と死に直したい」という言葉には、その意味も含まれているような気がする。

でも里江子は、杏を自分の身代わりに仕立て上げようとした。

……互いの熱量の釣り合いが取れていない恋って、つらい。

「……ヴィクトールさん、私、この際ネットカフェでもかまいませんので、泊まるところを変えませんか」

「賛成だ」

彼は迷いなくうなずいた。

杏たちは同時に脱力し、それぞれ、意味なくおしぼりで手を拭いた。

「幽霊塗れの旅でしたね……。アンナちゃんたちだけじゃなくて、私の部屋にも忍び込もうとした幽霊がいたし」

ドアノブの穴から覗き込んでいた男のことだ。

「いえ、あれは現実じゃなくて悪夢の中の話ですけどね」

慰めがほしくて口にしただけだが、ヴィクトールはここでさらに微妙な顔を見せた。

「そっちは、もしかしたら生きた人間の仕業かもしれない」

「はっ⁉」

待って、やめて。

新たに強烈な打撃を受けそうな予感がする！

「堂本亮太たちの話を聞いた時に、ホテルスタッフが口を滑らせたんだよ。三日月館には、客室の貴重品を狙う窃盗がよく忍び込むってね。なぜかっていうと、客室の扉が旧式なので鍵を開けやすいんだ」

「せ、窃盗？　本物の？　でも鍵は各部屋ひとつきりと聞きましたよ。幽霊ならともかく、どうやって扉を開けるんですか」

そう反論する杏の頭の中には、室井の忠告が蘇っていた。ホテルの混雑を利用して窃盗を働く者がいると——。

「俺でも簡単に開けられるよ。あれはノブごと外せばいいんだ」

「ノブごと？」

ヴィクトールは、指先で眉間を揉んだ。全身から疲労感が漂っている。……この人も、無駄に勘が冴えている。

「君の証言がそれを裏付けているんだよ。君のいう悪夢の中では、実際にドアノブが外され、そこから男が覗き込んでいたんだろ？」

「え――」

「なあ杏、それは本当に夢だったのか？」

視線をこちらに向けたヴィクトールが、そんな恐ろしい質問をする。

杏は激しく混乱した。

あれは悪夢じゃなくて現実だった？

窃盗を働こうとした者が、しかし室内に杏がいるとわかって「ここは俺の部屋だ」とごまかしていた？「疲れているから部屋を間違った」という素振りで？

（――もうなにが現実で、なにが夢で、誰が死者で、誰が生者なの？）

絶句する杏に、ヴィクトールは同情の目付きでそっとハーフボトルのワインを差し出した。

「よかったら」

「飲みません」

ホテルへ戻る途中のことだ。

「……私ももう少し帰る日数を遅らせようかな」

カッティングボードを受け取る恐怖を先延ばしにしたくてそうぼやくと、ヴィクトールは空に浮かぶ月を仰ぎながら「親に怒られるんじゃないか？」と口にした。

「私の母親は放任主義なんですよ」

杏は雪路にも答えたことを、ここでも繰り返した。

「怒られなよ。そろそろ母親とのわだかまりを解いてもいい頃だ」

簡単に和解を提案するヴィクトールを、杏は少しの苛立ちをこめて睨みつける。

それができるなら苦労はない。

「俺が思うに、君の父親は浮気なんてしていない」

ヴィクトールは、機嫌が急降下した杏を見ると、言葉を選ぶような表情を浮かべた。ああこの顔は好きだな、と杏は密かに考えた。

「……なぜそう思うんですか」

気を取り直して尋ねる杏に、彼は真剣な眼差しを向ける。

「メモを見たからだ」

あの事務的なメモを見て、どうして浮気を否定できるのか。

「君は現役の女子高生なのに、略語とかをあまり使わないよね。やっぱりパズル苦手系女子だ」

「それが今、なんの関係がありますか！」

杏は頬が熱くなった。一瞬前の、彼に見惚(みと)れていた自分を叱(しか)ってやりたい。

「君の持っていたメモには、『来週八日の二時〜三時に＊＊社のデザイン企画部と打ち合わせの予定です。延期を希望でしたら今月、八月末の三十一日でお願いしたいと思います。早めにご連絡ください』とあったな」

ヴィクトールは宙を見据(みす)えてすらすらとメモの文面を諳(そら)んじた。

短い文だがよく覚えているものだと杏は感心する。

「これは単純なナンバースラングだよ」

懲(こ)りずにヴィクトールの横顔に見惚れかけていた杏は、「……んっ？」と我に返った。

「ナンバースラング？」

「うん。八日の二時〜三時。８２３で『Thinking of you』。単語がそれぞれ、八文字、二文字、三文字だ。あなたを想っている、という意味になるね」

「――」

杏は坂道の途中で足を止めた。ヴィクトールも立ち止まる。

「次は、八月末の三十一日。831で『I love you』だ」

ヴィクトールがゆっくりとした口調で説明する。

「全部で八文字、単語が三つ、意味はひとつ、で『愛している』となる」

愛している。

杏は、穏やかな表情を浮かべているヴィクトールをしばらく見つめた。夜の道は、人も車も通らず、しんしんとしている。でも今はゴーストタウンのようには見えなかった。星の瞬（またた）く特別な夜だった。

「……それだとやっぱり、部下の人がお父さんに宛てた浮気の証拠になりませんか？」

「違う。君へだ」

「――私？」

「君の話によると、部下は優しく親切な女性だという。わざわざ君の勉強まで見てくれた。そしてそのメモも、君が拾うように落とされていた。ナンバースラングとかって、大人より子ども……君たちくらいの年齢の子が好んで使うものだろ。たぶんその女性は、君の勉強を見た時に、スラングの話とかをさらっと口にしたんじゃないかな？」

わからない。覚えていない。杏はこちらへ引っ越してくるまで、まともに友人関係を築けていなかったのだ。その状態でスラングや略語の話をされても、興味を持てるはずがない……。

「君が気づいてくれないかと一縷（いちる）の期待をこめて、部下の女性はメモを落としたんだ。気づかなくても、他人には事務的なメモにしか見えないから問題ない。君に脈がないことはわかっていただろうから、きっと諦めの気持ちのほうが強かったと思うよ」

思いもよらぬ真実に、杏は放心した。

父にじゃなくて、私に、あの人が密かに恋をしていたってこと？

「母親っていうのは本能で子どもを守るものだ。部下の女性が抱える君への恋心に気づいたんだよ。メモにある打ち合わせの日にちを調べれば、すぐに嘘だとわかっただろうしね。だから、烈火の如く怒った」

ヴィクトールの声音が、労りのこもった優しいものになる。どこかに杏の立場を羨む響きがあった。女性に好かれたことではなく、家族にそうも愛されていることへの羨望に思えた。

「……あの人も、私も、女性だから？」

杏は思いつくままに尋ねた。

「そうだろうね。それ以上に、君が当時、中学生だったからじゃない？」

じゃあ、母が、あの人を嫌う理由を頑なに教えてくれなかったのは、ひたすらに杏を守るためだったのか。

世間は同性愛に対してまだまだ風当たりが強い。おまけに相手は大人で、杏はほんの子どもだった。母親が過剰なほど攻撃的になるのも不思議ではない。

こんな理由、誰にも話せるわけがない。父にも、杏にも。

杏は母へ、様々な感情を抱いた。それでもこんなに家族の関係が拗れる前になぜ話さなかったのかと歯噛みしたくなるし、もしかしたらあの人に少し同情していたのかとも思う。

だって恋は、他人がみだりに暴いていいものではないからだ。

（……もうっ！　私が不器用なのって絶対にお母さん譲りだ！）

杏はぐっと息を詰め、わざと足音を立てて進み始めた。その横をヴィクトールがのんびりと歩く。

お母さん、帰ったら目にもの見せてくれる。

全部、暴露してやるんだ。友達との旅行じゃなくて、本当は異性と行ったんだと。嘘をついた私をせいぜい力一杯叱るがいい！

それから、心をこめて、ごめんなさいを言おう。

ぎくしゃくしていた二年間で起きた色とりどりの出来事も、時間をかけて話していこう。

そして今、隣を歩く変人に恋をしていることも、特別に教えてあげる。

あなたの娘はおかしな人に夢中だけれど、悪い男じゃないのは保証するから、見逃してね。

会ったらきっとびっくりする。変人っぷりに唖然とするかも。

でもこの人、恰好いいでしょ。

そうこっそりのろけてやるのだ。

「――俺もやはり、明日には帰ろう。君もな」

「はい」


ホテルに到着後、すぐに部屋へは戻る気になれなかったため、杏たちはロビーソファに腰を下ろした。

そこに、暇そうにしていた男性のフロントスタッフが笑顔で近づいてくる。

「ああ、よかったですね。お連れの方、見つかったんですか」

「……ええ、まあ」

ヴィクトールは余計なことを言うなといった顔をあからさまに見せたが、スタッフはにやにやをやめなかった。

「お客様が凄い剣幕で探されていましたので、まさかお連れの方に事故でもあったのかと私も心配で……」

「お騒がせしてすみません」

杏は強張った笑みを浮かべた。

あぁ、芸能人と間違われているんだっけ、ヴィクトールさん。だからスタッフも興味津々なのだろう。

「いえね、今の時期はなぜかこの一帯で事故が起きやすいのですよ。去年も不幸な玉突き事故が当ホテルの近くで起きましてね」

　杏とヴィクトールは二人して身を強張らせた。

「坂道が多いせいなんでしょうね。視界が遮(さえぎ)られてしまいますし……、あ、でもですね、私の妹が看護師で、市の病院に勤めているのですが――」

　スタッフはそこで微笑(ほほえ)んだ。

「ちょうど一年前にその玉突き事故に巻き込まれて、意識不明だった方が先日、目を覚まされたそうです」

　杏たちは、「えっ」と声を上げた。

「妹の話だと、その患者さんは夢の中で『もう休みたい』と諦めの心境だったらしいですよ。けれど誰かに『早く帰って』と叱られたおかげで生き返ることができたそうです。体力が戻っていないので患者さんはまたすぐに眠ってしまったらしく、それ以上の詳(くわ)しい話を聞けていないみたいですが……。親切な誰かが夢に干渉(かんしょう)して、その患者さんが現実の世界に帰れるよう説得したのかもしれませんね」

　最後のほうは冗談のつもりなのだろうが――杏はぞくぞくしてきた。

　早く帰って？

　その言葉に、杏はとても既視感がある。

ヴィクトールの視線が痛い。「嘘だろ」と言うように、愕然と杏を見ている。

(私が見た、外されたドアノブの穴から誰かが覗き込む悪夢って)

ヴィクトールは、窃盗の仕業ではないかと推測していたが、やっぱりあれは『悪夢』で正解だった?

でもちょっと待ってほしい。

杏の悪夢ではなくて、その……患者さんの悪夢?

ではもしもあの時、杏が扉の向こうにいる人物を部屋に招き、休ませていたら、どうなったのか。

(まさか『患者さん』は目覚めることができずに永眠……とか、いやいやそんな馬鹿な、違うよね!?)

窃盗の仕業だったと信じたい。……やっぱりそれも嫌だけど!

自分は知らないうちに、人助け……?　をしていたのか?

「ところでお客様」

こほん、とスタッフが気取った態度で咳払いする。どうやら今までの話は前置きだったらしい。爆弾並みの威力がある前置きだったが。

「彼岸の時期が関係しているのでしょうか、この周辺のホテルは今時分なぜかお客様の訪れが少ないのです」

「そ、そうですか」

杏は青ざめた。嘘でしょ、まだ心を撃破する驚愕の真実が残っている……⁉

「ですので本日も、宿泊客はお客様方のみだったのですが……」

「——は？」

杏とヴィクトールは同時に声を漏らした。

「今、宿泊客が私たちだけ、って言いましたか？」

聞き間違いであってほしいと本気で祈りながら、杏は尋ねた。

だが神などいない。

「ええ」とスタッフはにこやかに肯定した。

「もしかしたらお盆に合わせてご先祖様方が泊まりに来てくださったので、誰も泊まりに来られないのかもしれませんね」

さらなる爆弾の投下に杏たちは言葉を失う。

笑えない。

とても笑えない。

だってそうなると、杏がこのホテルで見かけた客は、全員——。

（本当に待って。もうひとつ不吉なことに気づいたんだけど⁉）

そう、あの人のことだ。

堂本亮太の工房にいたスタッフのこと。彼は延々と木工機械の掃除をしていた。

だが、よく考えたらそれって矛盾していないだろうか？　ヴィクトールは木工機械を「埃が凄かった」と評していたはずだ。

（あんなに掃除していたのに？）

実際は掃除されていなかったとしたら、あの工房スタッフの正体も、要するに……。

（幽霊が、多すぎる）

杏はくらりとした。

「ええ、当ホテルにはお客様方だけでございますので、ぜひとも快適におすごしいただければと思いますが――お客様、もしかしてもう一人、ホテルにお連れではございませんか？」

息つく間もない爆弾の投下に、杏たちは「は？」と繰り返すしかできない。

「申し訳ありませんが、当ホテルでは宿泊者以外の方の客室への立ち入りは禁止しておりまして」

「待て、なんの話だ」

ヴィクトールが硬い声でスタッフの話を遮る。

「お客様、先ほど当ホテルのスタッフたちを次々と捕まえて話をされていたでしょう？　スタッフの一人がですね、お客様と通路で別れた際、ふと振り返ったそうです。すると階段の影で待っていたお嬢様が、お客様に駆け寄って手を繋いだそうで」

「わ、私とヴィクトールさんがですか？」

と、勘違いして自分を指差す杏に、スタッフは首を横に振る。

「いえ、十歳程度の子だったとか。ですが、裸足(はだし)でいらしたそうで……申し訳ございませんが、もしお待ち合わせ等でご来館いただいていたのだとしたら、館内ではスリッパか靴(くつ)のご利用をお願いいたします——」

ヴィクトールとの話し合いの後。

結局、この夜のみの辛抱(しんぼう)だということで杏たちはホテルに残った。

枕を盾(たて)代わりに抱きしめてうとうとしながら、杏は余計な記憶を掘り起こした。無事にこの三日月館に到着したと、雪路たちにメッセージを送った時のことだ。

あの後、すぐに彼らから返信があったが——。

メッセージの数が、ひとつ多くなかっただろうか？

そもそもは杏から先にメッセージで「死体発見」について報告したのに、なぜ雪路はその後の電話で「それが見つかったかどうか」を尋ねてきたのだろう。

杏のメッセージがまさか、彼に届いていなかったとか？

だとしたら、いったい杏は誰から返事をもらったのか。

彼岸とか、御盆（おぼん）という言葉が杏の頭の中を巡（めぐ）る。

ご先祖様が返ってくる季節。この時期は、どこもかしこも幽霊がいっぱいだ。ホテルが満室になるくらいに。

スマホに届いていたメッセージを確かめようと思うが、ひどく瞼（まぶた）が重い――。

――彼女は、じっとその子を見る。

小瓶を持って悲しげに泣いている女の子だ。彼女と同じくらいの年齢に見えるが、お姫様みたいなスカートをはいている。彼女はそのかわいらしい恰好が羨ましくてならなかった。なぜなら彼女は全身泥（どろ）だらけだったし、靴さえまともに履（は）いていないのだ。

「どうして泣いているの？」

近づいてお姫様に尋ねると、恋を失ったという切ない返事がくる。

大好きな子と心中する予定だった、でも裏切られた。そういうつらい話だった。

彼女は心から同情した。

だって彼女も、大好きだった男の子に裏切られたのだ。そのせいで、ひとり寂しくさまようことになった。

『行かないで』

『ここにいて』

『私が見つめていることを忘れないで』

何度もそう囁いてきたのに。

彼女は以前、両親に意図せず殺され、靴も履かせてもらえずに山に埋められた。悲しかったが、そのおかげで大好きだった男の子に取り憑くことができた。

満足した日々をすごしていたのに、ある日、男の子は、他の女の子と親しくし始めた。男の子を惑わせた女の子が憎らしくなり、彼女は何度も懲らしめてやろうと思ったが、いったい誰の「差し金」なのか、そのたびに不気味な猫に邪魔をされてしまうのだ。あの萌葱色のショールの婦人の差し金なのか。悔しいったらない。

だが女の子は、猫のそばを離れて遠くへ行こうとした。チャンスだと思った。

『離さない、離さない、離れるな。離れられると思うな』――そう彼女は女の子に囁いてやった。猫のいぬ間に女の子を取り殺してしまおう。

――でも女の子についてきたこの場所で、彼女は自分と似た孤独を抱えるお姫様を見つけたのだ。

「ねえ、あたしじゃだめなの？」

彼女は、お姫様に尋ねた。

あたしが一緒にいてあげる。恋するように、いてあげる。ずっとずっと離れないわ。あたしも土の中に埋められて寂しかったんだもの。

ねえ、あたしたち、心中しましょう?

そう誘いかけると、びっくりしていたお姫様が、やっと笑ってくれた。

お姫様は、『毒薬』を持っていると言って、握りしめていた小瓶(こびん)をこちらに差し出した。

確かに、死者の彼女たちにとって、それは毒薬で間違いなかった。彼女たちを浄化するものが中に入っている。

彼女はお姫様と手を繋ぎ、宝石の欠片(かけら)みたいなピンク色の毒薬をカリリと齧(かじ)って目を瞑った。

あぁやっとやっと、心穏やかに休むことができる。

もう寂しくない。こんなに素敵なお姫様とこれからずっと一緒にいられるのだ。

彼女は、密やかに微笑んだ。

おやすみなさい、あたしたち。

赤い靴の秘密

閉店間際の「TSUKURA」には、濃厚な絶望の空気が満ちていた。

「俺が……殺してしまったんだ……」

と、ヴィクトールが苦痛に彩られた声で自白し、フロアの床に膝をついて、両手で顔を覆った。

打ち拉がれている彼を慰めようと、杏はそっと寄り添って優しく背中をさすった。

「ヴィクトールさんのせいじゃないです、これは不幸な事故ですよ」

「気休めはやめてくれ！　今の俺に優しくされる価値なんかない！」

ヴィクトールはかぶりを振り、激しい拒絶を見せた。

杏は口を噤むと、自分たちのそばに転がっている残骸――ヴィクトール曰く、「友人から譲ってもらった大正ロマンと呼ぶに相応しいナラ材のヴィンテージチェア」だったもの――を微妙な気持ちで見つめた。杏の目には残念ながら「背棒と縁の輪郭がダイヤモンド形に見えなくもない、色褪せたボロボロの椅子」としか映らないが、世の中には言わなくていいこともある。

こういう、廃棄寸前のようなひどい状態であっても、ヴィクトールは「じゅうぶん修理が可能」だという。

彼は杏にも大正ロマンの素晴らしさを教えてやろうと考えて、先ほど修理前のこの椅子を「TSUKURA」に運び込んだ。そして「座面の裏に彫られているロゴマークらしきもの」を杏に見せようと、高々と椅子を持ち上げた。わざわざ掲げずとも椅子を寝かせた状態でフロアに置けばいいだけなのだが、この時の彼は大正ロマンの効果でいつも以上にテンションが高かった。悲劇は、その直後に起きた。勢いよく持ち上げた拍子に、ヴィクトールのカーディガンが椅子の脚に引っかかった。彼は慌てたせいで手を滑らせ、椅子を落としてしまった。

重い音を立ててフロアに落下した椅子は、見事に背棒が割れた。いや、座面部分と背もたれ部分から真っ二つになったというべきか。元々亀裂があり、壊れやすかったことも災いした。

「脚まで折れてる……。息ができなくなってきた。今日が俺の命日か？」

ヴィクトールが儚い表情で呟く。これは復活までに時間がかかりそうだ、と杏は覚悟した。

(少し早いけれど、もうお店を閉めたほうがいいな)

幸い店内に客はいない。杏は静かにヴィクトールのそばを離れた。

扉に吊り下げているプレートをクローズ側に引っくり返しておこう。そう思って店の外へ出ると、ちょうど店に入ろうとしていた客とぶつかりそうになった。

すみませんという謝罪の言葉は、視線を上げて客の姿を見た瞬間、喉の奥に戻っていった。

そこにいたのは三人の男子高校生で、杏が通う学校の制服を着ていた。彼らの顔になんとなく見覚えがある。クラスは違うが同学年の生徒のはずだ。

「あっ、雪路の話、やっぱマジなんだ！」

弾んだ声を上げたのは、人懐っこい顔立ちをしている茶髪の男子である。頬に二つ並んでいる黒子がチャーミングだ。

「君が高田さんでしょ！　俺のこと、わかる？　雪路の友達なんだけど。隣のクラスの真山。

真山徹（とおる）っていうの」

　真山の勢いに押されつつも杏はうなずいた。同学年の生徒で合っていたようだ。

「んで、こっちのデカいのが加納（かのう）ちゃん。加納翔（しょう）」

　三人の中で一番背が高く、目元の爽（さわ）やかな男子が、真山の紹介を受けて軽く手をあげた。髪を白っぽいカラーにしており、全体的にお洒落（しゃれ）な雰囲気（ふんいき）がある。名前は知らなかったが、確かサッカー部に所属していたように思う。猫缶繋がりで杏と親しくなったクラスメイトが以前、彼を恰好（かっこう）いいと評価し騒いでいた。杏はその加納から、最後の一人に視線を移した。

「……俺は上田朔（うえださく）。言っておくけど、俺は真山に引っぱられてここへ来ただけだから。君に興味があるわけじゃないから」

　上田と名乗った細身の男子が、ヴィクトールを連想させるような失礼な発言をして、ぷいと横を向いた。もっさりとした重たげな髪型をしている。

　愛想皆無の上田を、困ったように真山が見つめた。すぐに取り繕（つくろ）うように笑い、「高田さんってさ、驚きの幽霊吸引率を誇（ほこ）る雪路の彼女なんだろ?」と、思いもよらぬ発言をする。

「えっ待って、どこから突っ込めばいいの!?」

　杏は動揺した。彼の言う雪路とは、「柘倉（つくら）」の職人の一人であり、杏と同級生でもある少年のことだ。今は店側ではなく、少し離れた場所に設（もう）けられた工房にいる。

「この間雪路から、高田さんのおかげで浄（きよ）めの塩の消費率を大幅（おおはば）に下げることができたって聞いたんだよね。ウケるわ！　……いや、それでさあ、俺たちも君に頼みがあるんだよ！」

真山が、ぎゅっと杏の手を握った。杏はわずかに仰け反った。

「ぜひ、加納ちゃんちの近所に出没する赤い靴の幽霊を退治してくんない⁉」

「はい⁉」

本当にどこから突っ込んでいいのか——と、突拍子もない要求に杏が絶句した時、背後で店の扉がゆっくりと開かれた。

怖々と振り向けば、濁った目のヴィクトールが杏の背後に立っていた。

「お客様、申し訳ございませんが、当店は既に営業終了時間です。またのお越しをお待ちしております。それと、当店では除霊の依頼は受け付けておりません」

彼は地を這うような低い声で言うと、ぬうっと腕を伸ばし、硬直している杏の肩を摑んだ。

そのままゆっくりと店内に引き込む。

唖然とこちらを見つめる男子たちを外に残して、扉はぱたんと閉まった。


その後、杏は、中途半端な形で放り出してしまった真山たちの存在を気にかけつつも、死にたがるヴィクトールの気力回復を優先した。

「ヴィクトールさんなら必ずこの椅子を蘇生できる！　あなた以外にできる人はいない！」

「うん……、知ってる」

彼は思ったよりも早く復活してくれた。椅子がぎりぎり修復可能だったことも味方したようだ。安堵しながら着替えをすませて、店の外に出れば、もう真山たちの姿はそこになかった。

(幽霊退治を頼まれた気がするけれど、いったいどういうことだったんだろう)

雪路も関係しているようだったが……。謎に思いながら杏は帰路を辿った。

ふと辺りを見やれば、道沿いに並ぶ空き家の庭先に、折れた傘が転がっている。今月はずっと雨天の日が続いている。一部の地域では道路陥没や土砂崩れの被害も出たという。杏が通学に利用しているバスも遅延があった。昨日、今日と久しぶりに晴れてくれたが、薄闇に染まり始めた空を見上げると、重たげな雲が広がっている。また雨が降り出しそうだ。

憂鬱な気持ちを抱えて歩道の角を曲がったところで、待ち伏せしていたらしき真山たちと出くわし、杏はぎょっとした。帰り際、疑り深いヴィクトールに「わかっていると思うけど、さっきの人類たちから妙な頼みを引き受けるなよ。なにを言われようとほだされるな」と、釘を刺されていたのだ。だが、「ちょっとだけでいいから付き合ってよ!」と熱心にせがむ真山の勢いに負け、杏は、自宅側とは逆方向にある小さな喫茶店に引っぱられた。

杏たちが入ったのは、カントリー調の作りをした喫茶店だ。テーブル席や飾られている絵画もレトロで、煉瓦仕立ての壁全体に珈琲の匂いが染み付いている。照明は暗めで、空調が利いていないのか、蒸し暑い。洞穴の中に入ったようだと杏は考えた。

杏たち以外に客は一組のみで、店主と顔見知りらしくカウンターで談笑していた。テーブル席についてアイスコーヒーを注文したのち、杏は真山たちの誤解をとくことから始めた。

「あの、私、雪路君の彼女じゃないよ。……雪路君がそう言っていたの？」

杏は疑いの目で真山を見つめた。雪路がそんな嘘をつくとは思えない。

彼の隣に座った加納が眉を下げて笑い、ゆるく手を振った。

「あー、ごめんごめん。徹が先走ったっつうか。雪路君が高田さんに感謝してたっていう話はマジだよ。皆で遊んだ時に、まー、色々話したことがあってさ。その時にこいつが、高田さんと付き合ってんのかって雪路君をからかったんだ。雪路君は否定してた」

「だってあの反応怪しかったじゃん！　真っ赤になって否定して、ピュアかよ！　……でもさあ、雪路ってあんなイケてんのに、女子に全然モテないの本気でわけわかんないわ。幽霊吸引力のすごさのせいか？　だとしても一目惚れくらいされてもいいのに、それすらないよな」

真山が不思議そうに首を捻った。

（雪路君は恰好いいんだけれど、眼光鋭すぎっていうか迫力ありすぎっていうか）

たとえ女子に霊感がなくとも、無意識下で不穏な気配を察知しているとか。フォローすればするほど無情な現実が明らかになりそうな気がしたので、杏はそこで考えるのをやめた。

注文した飲み物がテーブルに運ばれてくる。間を持たせるために、杏はゆっくりとアイスコーヒーに口をつけた。真山たちもつられたようにグラスを手に取る。

隣から、ずずずとジュースを啜る音がした。

ちらっとそちらを見ると、隣に座っていた上田に軽く睨まれ、顔を背けられた。

杏たちは四人掛けのテーブル席に座っている。真山と加納が向かいに並んで座ったので、杏は上田の隣の席についている。

上田が発する「俺に話しかけるな。知らない人間は嫌いだ」というぴりぴりした空気に懐かしさのようなものを感じ、微笑が漏れた。杏がバイトを始めた頃の、警戒心剝き出しだったヴィクトールに反応が似ている。

「ええと、それで……赤い靴の幽霊？ってなんのことだかよくわからないんだけど、私は除霊なんてできないよ。……雪路君はどんなふうに言っていたの？」

杏は再び疑いの目で真山を見た。ポルターガイストに日々悩まされている雪路が、その関連の話を軽々しく他人にするとは思えない。だがもしも本当に雪路からなにかを聞いているのなら、彼にとって真山たちは信用できる友人と言えるだろう。

とはいえ、除霊だのなんだのというオカルト話を信じる人間もあまりいない気がするのだ。

そう思った矢先、上田が「幽霊が見えるとか、妄想激しすぎ。メンヘラかよ」と、ぼそっと呟いたため、この場の空気が一瞬凍った。加納が困った顔をして、「こら、そういうこと言わない」と、上田を窘めた。加納も本心では上田と同意見なのだろうが、杏を気遣ったようだ。

むっとして加納を見る上田に、真山が大げさに両手を振り、反論を始める。

「いや待って待って、雪路はマジに霊感あるんだって！　俺、あいつの部屋で何度も恐怖体験したからね⁉　窓閉めてんのにカーテンがふわってなったり、いきなりドアが開くんだよ！」

上田があからさまに「嘘臭い」という冷たい目をして、ストローの先を神経質そうに忙しなく噛んだ。彼のそんな視線にも真山は怯むことなく、杏に屈託のない笑顔を向ける。

「俺と雪路は小学生の時からの友達なんだよね。加納ちゃんと朔は高校に入ってから仲良くなったんだ。あ、この二人は幼馴染みだよ」

杏はその言葉で、色々と納得した。

(真山君と雪路君は付き合いが長い。霊感体質もバレていて、気安い関係ってわけか。それで雪路君は、ついぽろっと私のことを真山君に話したのかな。ポルターガイスト発生率をおさえてくれるお守り的な女子高生がバイトに来てくれた、とかなんとか)

雪路が話したのには真山自身の性格も関係しているに違いない。少々調子がよさそうな空気も感じるが、快活で嫌みがない。なによりも、他人と違う特殊な面があっても馬鹿にせず、否定もせず、変わらぬ態度で友達でいてくれる。この理由が最も雪路の心を溶かしたのだろう。

「それにさ、加納ちゃんだって、赤い靴の幽霊には困ってんだろ」

真山の一言に、加納が曖昧な笑みを見せた。

「いや、俺は別に……」

「ぎゃあぎゃあとうるさく騒いでんのは翔じゃなくて、翔の母親だ」と、ストローを齧るのをやめた上田が突き放すような口調で言う。

彼は、黙り込む加納に代わり、今度はストローの袋をいじりながら早口で話を続けた。

「昔、近所で殺人事件や誘拐、あとは自殺とかが連続して起きた。それが元になって馬鹿らしい都市伝説的な怪談話が広がったんだ。そのうちのひとつが、殺された女の幽霊が殺人鬼から逃げようと、血まみれの足で夜道を歩き回っているってやつだよ。なぜか最近、赤いパンプスの女幽霊、というふうに進化してるけど」

「あー…、血まみれの真っ赤な足が、赤い靴に変化したんだ？」

と、聞く杏を無視して、上田はさらに早口で説明をする。

「殺人鬼のほうも噂が出回るにつれ、二つの顔を持つ巨躯の真っ黒い化け物にパワーアップしていった。化け物はいつでも女幽霊を捜してる。夜に出歩く女性を次々と襲っては、『こいつじゃない』と言うらしい——っていう都市伝説のテンプレみたいな話を、翔の母親は信じて本気で怖がっているんだ」

「加納ちゃんのお母さんは、実際にその女幽霊を見たんだろ！　そうだよな、加納ちゃん」

真山がぱんっとテーブルを叩いて言った。

杏は驚き、加納を見つめた。

「お母さんが幽霊を目撃したの？」

加納は答えず、困惑の表情で頭を掻(か)いた。

ストローの袋でなにかを折り始めていた上田が、ぼそぼそと言う。

「翔の母親はアル中だぞ。年中酔っぱらっているせいで、夜の仕事帰りに目にした野良犬かなんかを化け物と勘違いしただけだろ。それでいつも幻覚に取り憑(つ)かれては、家に連れ込む男に当たり散らしているんだ。翔の部屋に泊まりに行くと、必ずと言っていいくらいあいつの怒鳴り声が響いてくる」

いくら幼馴染みという間柄(あいだがら)とはいえ、そんな辛辣(しんらつ)かつ赤裸々(せきらら)な言い方をして大丈夫なのかと杏のほうがハラハラした。とくに親しいわけでもない杏に聞かせていい話にも思えない。だが、上田のこうした独特な物言いには慣れているのか、加納はとくに怒りもせず苦笑している。

杏は加納の様子をうかがい、そこで彼の目尻にうっすらと痣(あざ)があるのに気づいた。サッカー部に所属しているはずなので、部活中に怪我をしたのだろうか。

「加納ちゃんのお母さんだけじゃない。うちの学校にも幽霊を見たって子がいるじゃんか！」

真山が不満げに上田を見て、反論する。

「塾帰りにバスに乗っていたら、人工林近くの道で真っ黒い化け物が赤い靴の女を追いかけていたって。いくら夜の出来事でもこんなん見間違えたりしないだろ。俺は断然信じるね！」

杏は彼ら三人を順番に眺めた。

(加納君の家は人工林の近くにあるのかな。その一帯で幽霊が出現するという噂があって、彼のお母さんも目撃している。……上田君の話によると、加納君のお母さんはバーみたいなところに勤めている? ならきっと夜間の外出が多いんだよね。だから、怯えているお母さんを安心させるために、その話を聞いた真山君が私のところへ相談に来たと)

話の流れは飲み込めたが、杏は残念ながら霊媒師でもなんでもない。幽霊退治は無理だ。

どうしたものかと困っていると、加納が優しく微笑んだ。

「あのさ、高田さん。そんな真剣に悩まなくていいよ。……君に解決してほしいっていうより、あの雪路君の彼女ってどんな子なんだという好奇心で会いに来ただけだからさ」

それが本心なら、わざわざバイト先に押しかけず、手っ取り早く学校で会おうとするはずだ。だが、怯える母親がやはり心配だから、幽霊なんて存在しないとは思いつつも、迷った末にこうして杏に会おうと決めたのではないだろうか? ……単純に、真山の熱意に引っぱられただけかもしれないが。

杏が答える前に、加納の制服のポケットからスマホの着信音が響いた。

加納はさっとスマホを取り出して画面を確認すると、わずかに顔を曇らせた。すぐにその表情を打ち消し、こちらを見る。

「悪い、ちょっと用事ができた。先に帰らせてもらうね」

慌ただしく席を立つと、自分の飲み物代をテーブルに置き、すまなそうに加納が謝罪する。

「俺も帰る」と、上田も立ち上がった。

その際、上田は信じられないことに、丸めたストローの袋をぽいと杏に投げ付けてきた。

（ええー!!　嘘でしょ、私にゴミをぶつけていく!?）

投げ付けられたソレを怒りながらもテーブルに載せようとして、杏は目を瞠った。ゴミ……と思いきや、ストローの袋は薔薇の形に折られている。怒るべきかすごいと驚くべきか決めかねているうちに、二人は店を出ていった。

杏が内心呻いていると、残された真山がぎゅっと目を瞑り、「ごめん、朔はちょっと個性の強いやつでさ……、気を悪くしたよな?」と顔の前で手を合わせた。

「ううん、大丈夫。個性的な人には慣れてる」

主にヴィクトールのおかげで、と杏は心の中で付け足して愛想笑いを浮かべた。

真山は少し不思議そうにしたが、悩める表情を浮かべて吐息を落とした。

「……いきなりこんな話をされても困るだろうけどさー、加納ちゃんちって複雑でさ。さっき朔が漏らしたように、加納ちゃんの母親はちょっと強烈でね。すげえ若くて美人。でも、あんま『母親』っぽくないんだよね。父親がいないこともあって、恋人?　をとっかえひっかえ家に連れ込んでるって聞いた」

「う、うん」

杏は返事に窮し、視線をさまよわせた。店内に流れる有線の音楽が白々しく聞こえる。

(真山君は悪い人じゃないと思うけど、他人の家の事情を勝手に話すのはまずい気がする)

しかし、忠告するのもどうなのだろう。杏が悩む間も、真山は話を先に進める。

「酔うと、加納ちゃんに暴力も振るうみたいでさあ」

「……えっ？　お母さんが？」

杏はいよいようろたえた。話が重い。

「んー、母親っていうか、カレシも？　らしいよ」

「……お母さんの恋人が、加納君にその、DVを、ってこと？」

「そー。たちの悪いカレシみたいで、お母さんに金をせびっては殴る蹴るをしてるっぽい。それを加納ちゃんがとめようとして、やられてるんだって。……ほら、加納ちゃんの目尻んところ、痣あったろ？　あれもそう」

「そ、そっか、大変なんだね」

ものすごく話が重い……。

「んでさあ、そのやばいカレシが『おまえみたいな女、化け物に殺されちまえ』みたいな暴言をお母さんに吐いたんだって。それで元々情緒不安定気味だったお母さんがますます荒れて、加納ちゃんの負担になってんの。加納ちゃん、サッカーすげえうまいんだけど、頻繁にお母さんに呼び出されるようになってさあ。部活も最近、まともに行けてないんだよね」

「あ、もしかしてさっきも呼び出し？」

「たぶん。だから、ちょっとでも加納ちゃんの負担減らしてやりたいなーって。実際にその女幽霊が出るかどうかは俺もわかんないけど、実際にゲンバに赴いてさ、『退治したぞー！』と言ってやったら、加納ちゃんのお母さんも少しは落ち着くんじゃないかなって」

杏は目を瞬かせた。じわじわと感動のようなものがこみ上げてくる。

かなり口は軽いものの……、真山は純粋に、加納のためを思って杏に幽霊退治を頼みに来たのだろう。その気持ちが伝わったから幽霊を信じていないだろう加納や上田も、ほだされる形でここまでついてきたに違いない。

「真山くんって、いい人だね……！」

「えっ、そう？　よく言われる！　でもそのあとになんでか、『チャラいけどな！』って余計な一言を付け足されんだけどね！」

わかる、とうなずきかけて杏は焦った。いくらなんでもここでうなずくのは失礼だ。

「でも嬉しいな、高田さんが協力してくれるって言ってくれて！　俺一人で幽霊退治なんかできないもん」と、真山は肩の荷がおりたように歯を見せて明るく笑う。

「まかせて！　――えっ、待って」

そこまで言っていない、と慌てる杏の手を、真山はテーブルに身を乗り出して強く握った。

「いやー、最初は雪路に頼んだんだけど、あいつ速攻で『無理』って言うし。どうしようかと困っていたら、そういや前に雪路から高田さんの話を聞いたなーって思い出してさあ！」

「えっ、あの、私も退治は無理――」

「つうわけで、さっそく今夜、幽霊退治を決行だ！」

「え、え、え」

真山に無理やりハイタッチさせられた。なんでこうなった、と杏は心の中で叫んだ。


そうして杏は真山の頼みを断り切れず、幽霊退治に挑むはめになった。

いったん帰宅し、夜の十時に、指定された場所――女幽霊が出現したという人工林の手前側にある公園で真山と落ち合う予定だ。

その公園までは、杏の自宅からだと多少距離がある。自転車で向かうことにする。約束の二十分前に家を出れば間に合うだろう。恰好は動きやすいように、デニムにスニーカーを合わせた。あとはいついかなる時も必須の塩とお守りをボディバッグに詰め込んでおく。

こっそりと家を抜け出す前にヴィクトールから「念のために確認するが、妙な真似はしていないよな？」という鋭いメッセージが届き、杏はどきっとした。後ろめたさに胃の痛みを感じながらも、「大丈夫です、私は今ちゃんと家にいます！」と返信しておいた。

嘘は言っていない。これから抜け出すところだけれども、このメッセージを送る時点ではまだ家にいる！　……詭弁だと自覚してはいるが、「真山に押し切られて、今から幽霊退治に出掛ける予定です」と正直に打ち明ける勇気はなかった。

夜の空気は、雨の匂いを孕んでいて湿っぽい。自転車のペダルを踏む足に力をこめながら、折りたたみ傘を持ってくればよかったかと杏は考えた。だが取りに戻れば、約束の時間を少しすぎてしまいそうだ。諦めて、ペダルをこぐことに集中する。

目的地には、ぴったりの時間に到着した。既に真山は来ていて、公園入り口の柵にもたれかかり、スマホをいじっていた。杏の到着に気づくと、真山はぱっと顔を上げ、安心したように笑った。彼も自転車で来ていたので、その隣に杏もとめた。ここからは徒歩で移動する。

「この辺って、街灯がずいぶん少ないね」

気になっていたことを杏は口にした。

「奥に入れば、林道に繋がるからなー。あっちのバス停前には明かりがあるけれど……やっぱ暗いよな！　この間土砂崩れがあって、街灯いくつか壊れたって聞いたよ」

怯えたように言う真山に、杏は引きつった笑みを返した。到着したばかりだが、もう帰りたくなっている。

「やべえー！　これマジで幽霊出んじゃない？　どうしよう！」

「……。一応、幽霊退治に来ているから、出たほうがいいんじゃ……？」

「そうだけどさあ！　でも怖えー！」

本気で怖がっている真山とともに、町の中心部に位置する人工林のほうへ足を進める。このあたりは洋風住宅が疎らに立つ程度で、ひどく閑散としている。歩道の幅は狭く、その横には背の高いブナの木が立ち並ぶ。

「もうちょい行くと教会やショップがあんだけどなー」

「この時間はどこも開いてないね」

「だよな。……高田さん、さすがの落ち着きだ！　幽霊との死闘を繰り広げてきた貫禄か！」

「……雪路君から私のことをどんなふうに聞いているのか、詳しく教えてくれない？」

杏たちは他愛のない話をしながら進んでいたが、次第にどちらも口が重くなってきた。

（なにこのじっとりとした、嵐の前の静けさ的不穏な気配。幽霊が出ないほうがおかしい）

自分たちの靴音すら恐ろしく聞こえるくらいに、辺りは静まり返っている。

「……こういう時のテッパンでさ、足音がいつの間にか増えたり速くなったりするよな！」

真山が笑えない冗談を言った。杏は表情を消して彼を見た。

「真山君は、あれなの？　死に急ぐタイプなの？」

「女子の冷え冷えとした視線、つれえー!!」

真山が片手で目元を覆った時だ。コッコッという小気味よい音が杏の耳に届いた。

杏は無意識に立ち止まった。つられたように真山も足を止める。コッコッコッ。――ヒールの音だ。正面側からこちらに近づいてきている。杏と真山は顔を見合わせると、同時に震え上がった。歩道の横に立てられている大型看板の裏に急いで駆け込む。コッコッという音は確実に迫っていた。真山が呼吸音を漏らさないように口元を手で塞ぎながら、そっと歩道をうかがう。杏も隣から覗き込む。スポットライトのような街灯の下に、ヒールの音が近づいた。目を凝らすと、暗闇の向こうから誰かが歩いてくるのが見えた。杏は息を殺した。

（赤い靴だ）

黒いトレンチコートに赤い靴の、髪の長い女がどこか危なっかしい足取りで歩いてくる。俯いているため、顔は見えない。

「んえっ⁉　出た⁉」と、女の姿を捉えた真山が悲鳴のような声を上げた。その声に驚き、杏は飛び上がりそうになった。

赤い靴の女が立ち止まり、顔を上げた。見開かれた目が、杏たちを貫く。

そして次の瞬間、女は、「うあああ‼」と絶叫しながら杏たちのほうへ駆け出す。

「に、逃げよう‼　やべえ！」

真山が叫び、走り出そうとする。が、その拍子に足がもつれたらしく、転倒した。杏は恐怖でパニックになりながらも真山に手を貸そうとした。その時、目の端になにかがキラッと光った。駆け寄ってくる女の手に、小型のナイフが握られていた。

（幽霊がナイフを持っている？　なんで？）

混乱する頭の中で、杏はそんな疑問を抱いた。いや、これって——本当に、幽霊？

「はあっ⁉　ちょっと待った、この人、加納ちゃんのお母さんじゃね⁉」

起き上がろうとしていた真山が動きをとめ、素っ頓狂な声を上げる。

目を剝く杏に、赤い靴の女が摑み掛かった。と、同時に「杏‼」という大声が聞こえた。

ヴィクトールの声だ。杏はぼんやりとそう考えたあとで、そんなはずはないと取り消した。

女の顔が、目の前に迫った。


——だが、幻聴ではなかった。杏に摑み掛かってきた「赤いパンプスの女幽霊」もどき——

錯乱状態の加納の母親を取り押さえたのは、この場に駆けつけたヴィクトールと、その彼に引っぱられてきたらしき雪路だった。

「間一髪かよ。杏、怪我はねえ？」と、雪路が深く息をついて尋ねた。

「あ、うん……私は大丈夫」

怪我人は、杏を襲おうとした「女幽霊」に仰天し、転倒した拍子に肘を擦りむいた真山だけだ。正気を欠いている加納の母親の片手には小型のナイフも握られていたが、それを杏に向けることはなかった。お守り代わりに握っていただけのように見えた。こちらに突進してきたのだって、襲うためというよりは縋りついてきたというほうが正しい気がする。ヴィクトールたちが難なく彼女を取り押さえることができたのも、ほとんど抵抗らしい抵抗がなかったからだ。

（だとしても……この人はどうしてこの時間にナイフを持って出歩いていたの？　真山君には見向きもしなかったのも変だ）

杏は未だ混乱している頭の隅で疑問を抱いた。これから出勤というには不自然な点が多い。

「……加納君に、お母さんを迎えに来てもらおうか」と、雪路が杏を見て言う。

襲われた――と言っていいのか迷うが、彼女が凶器を持っていたのは事実だ。

もしも杏が警察への連絡を望めばそうしてくれるに違いないが、事を荒立てるつもりはない。ただ、ヴィクトールは不満そうだった。

雪路が加納に連絡を入れる。加納はすぐにこちらへ来ると返答したという。

加納が到着するまでの間、彼の母親は興奮しながら奇妙な話を喚き散らした。

「私のせいじゃない、私が殺したんじゃない、あいつが悪いのよ！　あんたに返すお金なんてないわ、お金をせびったのはあいつでしょ、私は悪くない！　こっちに来ないでよ、いくら私を追い回したって無駄なんだから！　私は悪くない、私のせいじゃない!!」

「えっ、殺したって、だ、誰を」

思わず聞き返した杏に、加納の母親は顔を向けてきた。彼女はヴィクトールと雪路の両方にしっかりと肩を掴まれていたが、一瞬の隙をついたようにするっと彼らの手から逃れて、杏に近づく。思いがけない強い力で上腕を摑まれ、杏は硬直した。吐息がかかるくらい顔を近づけて、加納の母親は口を開いた。プンと強いアルコール臭が漂ってきた。

――だってあいつが悪いのよ。ろくでなしもろくでなし、甘いことばかり言って、他の女からも散々お金を騙し取っているくせに、私からも盗もうとするんだもの。タンズの中に隠しておいたへそくりを黙って持っていこうとしたのよ、だから腹が立って怒鳴りつけてやったの。そうしたらあいつ、逆上して私に暴力を振るおうとした。その時、私を助けようと、翔が……、瓶で、テーブルの上にあったビール瓶を摑んで、軽く、軽くよ、あいつのこめかみを殴ったの。あいつはひとつ呻いて倒れ、動かなくなったわ――捨てようって、あの子が。

え？　なにを捨てるんだって？　あいつよ。あいつの死体、捨てに行こうって！　そうよ、翔が背負ってくれて、一緒に捨てに――どこって、うるさいわね、そんなの、うちの裏側にあるあの人工林によ！　……はあ？　酔っぱらいの戯言だとでも思ってんの？　本当のことよ。ちょっと、嫌な子ねあんた、なんでそんな幽霊でも見るような目を私に向けるのよ！

これって正当防衛でしょ、殺されるようなことをしたあいつが全部悪い――やめてって言ってるじゃない、その目！　ああ、なにあなた？　私がこの子を殴り殺すとでも……、やだあ、すっごい綺麗な顔してるじゃないのあなた、こんな男と一緒になれたら私だってもっとまともな人生を――え？　それで死体はどうしたのかって？　あの日は雨が激しくて、視界は悪いし、慌ててもいたから歩きにくいパンプスで来ちゃったし、だから途中で私は引き返したのよ。そうよ、翔が、あとは任せてくれって言ったから！　――ねえ、あんたなんでしょ。一日中私を監視してたのは！　お風呂でもリビングでもどこでも私を見てる！

私だってあんたと同じで、あいつに騙されてお金を取られた被害者なのよ。私はなにも悪くないの、だからねえ、私をつけ回すのはやめてよ、ねえったら！

迎えに来た加納とともに彼の家に辿り着く頃には、母親の錯乱状態はずいぶん収まっていた。ただ「もうやめて、見ないで」と脈絡のない懇願（こんがん）を繰り返してすすり泣いている。

加納の家はごく普通の二階建てで、あまり手入れのされていない小さな庭があった。しかしいくつか並べられている鉢植（はちう）えだけは、綺麗な花が咲いていた。

怯えている真山の手当てのために、杏たちは、二階にある加納の自室に通された。加納は、ヴィクトールと雪路が当然のようについてきても拒絶しなかった。

彼の自室には、幼馴染みの上田もいて、杏たちを見ると嫌そうな顔をした。

「ごめん、全部説明するから。その前に、ちょっと母さんを寝室で休ませてくる」と加納が断りを入れ、真山の手当てを杏に頼むと、一階に残っている母親のところへ戻った。上田も、加納についていった。

　真山の手当てと言っても擦り傷のみなので、消毒し、絆創膏を貼るだけだ。すぐに手持ち無沙汰になった杏は、加納の部屋を観察した。

　こざっぱりとした男の子の部屋という印象だ。レトロな加工が施された木製のベッドにグレーの円形ラグ、タンス……。もう一度ラグに視線を戻し、杏は首を傾げる。飲み物でもこぼしたのだろうか。ラグの一部が黒く汚れているような気がする。

　――と、あちこち眺めて現実逃避でもしなければ、壁に寄りかかってこちらをじいっと見つめるヴィクトールと雪路が怖すぎて、冷静ではいられない。ビーズクッションに座っている真山までも無言で縮こまっている。いや、彼のほうは、女幽霊の正体が加納の母親だったことに衝撃を受けて、放心しているだけかもしれない。杏も、先ほどの、加納の母親の話を理解し切れないでいる。彼女はひどく酔っていて、妄想と現実の区別がついていないようだった。

　やがて杏は黙っていられなくなり、怖々と口を開いた。

　本当は加納の母親の話をしたかったが、先にこの重苦しい空気を変えたい。

「あの……、よく私と真山君の居場所がわかったなあ、っていうか、さすがヴィクトールさんだなあ、って……」と、杏が愛想笑いを浮かべて言えば、

「君、それって賛辞のつもり？　この場面で褒められて、俺が喜ぶとでも思うのか？」

　ヴィクトールが辛辣な声音で斬り捨てた。杏は身を竦ませた。

「なんで居場所がわかったかって？　簡単だよ。君からのメッセージはあからさまに怪しかった。ああこれはきっと夕方に現れた島野雪路の友人だとかいう人類に幽霊退治をしろと押し切られたに違いない、でも俺に叱られるのが怖くて真実を告げられず、ごまかしたんだろうなと推測できた。すぐに島野雪路に連絡を取ってみたら、そこの震えている真山ナントカという人類から奇妙なメッセージが届いているっていうじゃないか」

と、冷ややかに説明するヴィクトールの視線が、雪路に向かう。

「……なあ杏、『本日二十二時から、おまえのカノジョの高田さんと幽霊退治しまーす！』っていう驚愕のメッセージが届いた時の俺の心境、知りたい？」

雪路がぼそっと呟き、パーカーの前ポケットからスマホを取り出して、メッセージの画像を杏のほうに向けてきた。杏は、余計な連絡をした真山を恨みたくなった。

「これを見て、本気で焦ったよ。元々は俺に持ちかけられていた話だしさ。おまけにこのメッセージが届いた直後、ヴィクトールからも電話が来ただろ。杏たちはたぶん加納君ちのほうへ向かったんだろうなと思って、ヴィクトールに事情を打ち明けて車を出してもらったんだ」

「まさか杏が夜中に家を抜け出して、幽霊退治に行くなんて軽率な真似はしないだろうと信じたかったけれど、現実ってむごいよね。俺の忠告を無視した。裏切られた気分だよ」

「……。すみませんでした……」

杏が深々と頭を下げると、二人は口を噤んだ。ヴィクトールははっきりと冷たい目を向けてきたが、雪路は心配そうな顔をしている。真山がそっと杏に向かって謝罪するように両手を合わせた。が、ヴィクトールに睨まれ、さっと顔を背けて縮こまる。

石のように重く硬い沈黙が広がった時、疲れた顔の加納が戻ってきた。

彼はベッドの端に浅く腰掛けると、宙を見つめて誰にともなく「ごめん」と言った。

それから深く呼吸をした後――覚悟を決めたように、思いがけない真実を杏たちに聞かせた。


――もう高田さんたちも気づいていると思うけど、赤い靴の女幽霊の話は、でっちあげだよ。いや、間の悪い偶然が重なったというか……。――ああ、母さんからも少し話を聞いたって？そうだよ、母さんと井口さんが口論していたのは事実だ。井口さんっていうのは、母さんの新しい男だよ。……大丈夫だよ高田さん、うちは昔からこうなんだ、心配しないで。慣れてる。

母さんは今まで色んな男を家に連れ込んできたけどさ、井口さんは唯一、まともな人で――母さんを更生させたいって言ってくれたんだ。うん、いい人だよ。でもあの夜は――言い争いが激しくなったみたいで、母さんが彼を突き飛ばしてしまった。井口さんは、よろけた拍子にテーブルに頭を打って、気絶した。――えっ？　ビール瓶？　なんのこと？

俺はその時、泊まりに来ていた朔と二階の自室にいたけど？　俺たちがリビングにいたらおかしいだろ。……高田さん、どうした。なんか変な顔をしてるけど――あ、うん。そう、それで、すぐに救急車を呼ぼうとしたんだ。ところが大雨が原因で、到着に四十分以上はかかるって言われて、それならもう、井口さんを担いで夜間病院に連れていったほうが早いと思った。うちから二十分かからないところに病院があるしね。……——え、なんですか？

はい、あなたの言う通り合羽を着ましたよ。だって大雨だったから。彼を担いでいるのに傘なんてさせないですよ。……合羽の色？——黒です。……えっと、あなたは高田さんのバイト先の人ですよね。……オーナー？　マジで⁉　外国人だよね？　日本語うまいな……。

いや、雪路君、無害な生物だから気にするなって言われても、こんな金髪の目立つ人を無視できないだろ。ひょっとしてあれか？　彼女らと三角関係的な……うわっ、あ、ああ、話の続き？あー……、なんだっけ、そうそう、病院までの道が——うちって人工林に近いだろ。道の脇が崖みたいに急斜面になっていて、疎らに木が生えているんだ。雨で、その急斜面が崩れたんだよ。うん、避けたけど、井口さんを背中から落としちゃってね。

一緒に来ていた母さんが完全にビビって、急に走って逃げたんだよ。俺は、やっぱりあんなんでも母親だから、つい井口さんをそのままにして、母さんを追いかけたんだ。

その途中で、バスとすれ違った。——そうだよ真山、ごめんな。黒い化け物の正体は俺で、女の幽霊の正体は母さんなんだ。追いかけるところをバスに乗っていた子に見られたってわけ。——井口さんはどうしたかって？　あのあと、母さんを追うのは諦めて、すぐに引き返して井口さんを病院に連れていったよ。——うん、もちろん無事に決まっている。当然だ。

でもさ。

少し母さんを懲(こ)らしめたくて、死んだ井口さんが俺たちを見張っている、なんてとっさに嘘をついたんだ。そうしたら予想以上に母さんを怖がらせてしまって、学校に行っている時でも俺を頻繁に呼び戻すようになった。ますます酒浸(さけびた)りになって妄想も激しくなったしね。その様子を、うちに遊びにきた真山に見られて――ごめん。高田さんたちも、悪かったな。

君を巻き込むつもりはなかったんだけれど、やっぱりさ、家の恥(はじ)でもあるし……本当のことを言えなかった。いっそ本当に、全部都市伝説になればいいって思っていたんだよ。

――高田さん？　ああ、この痣？　違う違う、部活中に怪我したんだ。……顔色が悪いけど、大丈夫か？

加納の打ち明け話のあと、杏たちはそろそろ帰ろうと、一階に移動した。ひどく狼狽(ろうばい)している真山は、もう少し休んでから帰るという。

加納の話をまとめると、「赤い靴の女幽霊」なんて存在しなかった――ということになるが、杏はもやもやした。

加納と、彼の母親の話にはずいぶんと食い違いがある。きっと本当のことを言っているのは加納のほうなんだろうが――そうでなければ、とんでもないことになるが――いくつか矛盾した部分があるような気がするのだ。

その部分がどうも明確に摑めず、杏はこのまま帰っていいのか悩んだ。

もう少しだけ話がしたい——そう思って杏は、玄関へ向かう前に、ふとに目に入ったリビングの家具の話題を加納に振った。

「ねえ加納君！　あのチェストとかテーブルって、もしかしてアンティーク製品かな？」

突然の脈絡のない質問に、加納が目を丸くした。

「あっ、その、私、バイト先がアンティークチェアを扱うお店だから、気になっちゃって」

……だとしても、今する話題ではないと、自分でもよくわかっている。

「いや、まったく違うよ。あれはペイントでシャビー感を出しているだけだろ。まだ新しいペンキの匂いがする」

先に答えたのは加納ではなく、ヴィクトールだ。加納が慌てたようにうなずく。

「あ、ああ。そうです。……井口さんが頭をぶつけた拍子に、縁に血がついたので——元々古い家具で汚れがあったんだけれど、血はさすがになあ……。かといって買い替えるほどではないし。それならいっそ全部ペンキを塗ってみようかと思い立って。単純に塗料を使ったあと、やすりをかけただけだよ。誰でもできる」

「へ、へえ……」

杏は曖昧にうなずくと、リビングの家具に目をやった。大型のチェストに長方形のテーブル、それから四脚の椅子はすべて青みがかったホワイトで統一されている。ところどころ薄らと本来の木目が浮き上がり黒ずんで見えるのがいかにもアンティークっぽいと思っていたが、血痕を隠すためのペイントと説明されると少々ぞわっとくる。

　チェストの横には杏の背丈よりも高い観葉植物が置かれていた。不揃いの白っぽい化粧石を盛り上がるほどにびっしりと敷き詰めた鉢も、やはりホワイト系だ。

（ん？　鉢の横に、なにか落ちてる？）

　杏は目を凝らした。なにか、茶色い破片のようなものがある気がする。

　無意識に近づこうとして、杏はヴィクトールに腕を摑まれ、とめられた。振り仰げば、ヴィクトールが嫌そうな顔をして、じっと家具を見ていた。偽物のアンティークがお気に召さないのか、それとも血を隠すためのペイントと知って、杏のようにぞっとしているのか。

　このいたたまれない空気をどうすればいいのだろう。解決策も思いつかないまま、流されるように玄関へと足を進める。すると背後のほうで、扉の閉まる音がした。リビングの奥にあるトイレから上田が出てくる。そういえば彼もいたのだったと、杏は思い出した。加納とは幼馴染みという話だから、ほとんど自分の家のような感覚で遊びに来ているのかもしれない。

「……今日はこれで帰るよ」

　上田がちらっと杏たちを見て、そっけない口調で加納に言った。加納は一瞬縋るような目を彼に向けたが、諦めの滲む表情を浮かべて、「ああ、じゃあな」と答えた。

上田はそれに返事もせず、さっと玄関へ向かった。杏はつられるように彼を追った。

「――上田君！」

靴をはいて家の外へ出た上田の背に、杏は声をかけた。

彼は家の前に伸びている歩道の中央あたりで迷惑そうに振り向いた。が、杏とは目を合わせようとせず、「なに？」と突っ慳貪(けんどん)に応じた。

（とっさに呼び止めたのはいいけれど、なにを話そう!?）

杏自身、わからないまま声をかけてしまった。なんの接点もない相手だ。会話の糸口になるような時間を共有しているわけでもない……いや、ひとつだけある。

「……薔薇！　薔薇をありがとう！」

上田は怪訝(けげん)な顔をしたが、すぐになんのことなのか思い出したらしく、「あれで礼を言うとか、馬鹿じゃない？」と呆れた顔をした。だが、少し笑ったのを杏は見逃さなかった。おかげで、こちらも緊張がとけた。

杏は彼に歩み寄った。

「帰るところ、ごめんね。ちょっと聞きたいことがあるんだ。――上田君も、幽霊話は嘘だと知っていたから、私と会うことに乗り気じゃなかったんだよね？」

加納と親しい関係なら、ある程度、家庭の事情にも通じていただろう。加納本人から色々と相談を受けてもいたはずだ。

だが真山の友情からの行動に水をさすのもためらわれて、渋々同行したのではないか。

上田は杏をじっと見た。

それからなにを思ったのか、急に大股でこちらへ歩み寄り、顔を近づけてきた。驚く杏のうなじに手を回し、ぐいと引き寄せる。抱き付かれるような——というより、キスでもされそうな体勢になって、杏は死ぬほど驚いた。もっさりした髪型だが、よく見ると彼はとても端整な顔立ちをしていた。

「——ねえ、翔の話は嘘だと言ったら、信じる?」

「え?」と、杏は、上田から距離を取ることも忘れて、ぽかんとした。

「君たちさ、二階でおもしろい話をしていただろ。部屋のドアを開けっ放しにしていたよな。おかげで、階段のほうまで丸聞こえだったよ。でも、翔の話は本当じゃない」

上田は微笑んだ。


——俺がたまたま泊まりに来ていた夜、翔の母親と井口が金の貸し借りの問題で口論をしたんだ。……え? こんな家庭状況なのに、よく平気で泊まりに行けたって? こんな状況だからだよ。一人でいたくないって、翔のほうから誘ってくるんだ。

……なにその安易な同情。高田杏だっけ、君? 不快になるからやめてくれる? ……おい、俺は詰ってんのに、なんで嬉しげに微笑むんだよ。不可解な女だな。

とにかく、口論後、逆上した母親に突き飛ばされた井口はテーブルに頭を打って気絶した。動かなくなったあいつを見てさ、加納の母親まで気が動転して、失神した。俺と加納はその後――井口を殺したんだ。――あはっ！　今度はなんだ、その顔！　幽霊でも見たかのように！いや、冗談じゃないから怒るなよ。本当に殺した。うん、殺人。殺人だ。

――は？　なんでって言われても。あいつはろくでなしで、加納にも暴力を振るっていた。無関係の俺にも手を上げるような屑だった。だから、いいよな？　そんなやつ、世界から一人消えたってさ。――高田杏さん、瞳が揺れているよ。あ、震えているせいか。

あー…、あいつの解体はね、二人がかりでも大変だった。リビングで作業をしたら、血がテーブルやチェストにまで飛んじゃって……でも大型家具なんか、そこらにぽいぽい捨てられないだろ。だからしかたなくペンキを塗ってごまかした。ほら、さっきの、ペイントでシャビー感を出したって話も聞こえてさ。笑いそうになったよ。どうしても隠し切れない血の染み、確かに見ようによってはアンティークっぽい雰囲気が出てるよなって。――大丈夫大丈夫、ほら、息を吸え。次に吐く。ちゃんと俺と目を合わせてよ、ほら。まだ続きがある。

うん、あのな――本命は、加納の母親なんだ。

そう、本命。……なんのって、殺しの。そんな無駄な確認、いらなくない？

井口は、そうだなあ、予行演習みたいなもんだよ。……だからそういう、狂人を見る目を俺に向けるなよ。最後まで聞けば高田杏さんも納得する。

——だってな、俺、考えたんだ。思わず考えたんだ。翔の母親がどれほどひどい女か、近所の住人は皆知っている。酒乱で、男をとっかえひっかえして、自分の子どもすら顧みない。いつか翔を置いて出ていくだろうって噂されている。そうしたらさ……、胸がうずくだろ？

ああ、これって、この女を殺したとしても『とうとう失踪したのか』としか思われないんじゃないか？ 下手な小細工なんかせずに、バラして、捨てる。けれど一箇所に埋めたらさすがにバレやすい。なら、肉は削いで小分けにして、骨は細かく細かく小石くらいになるまで刻むのはどうだ。で、少量ずつ、あちこちに捨てる。公園の砂場とか、マンションの花壇や鉢とか、誰かの家の庭とか——でも、日常の中で当たり前のように見かける白いかけらが人間の骨だなんて、誰も想像しないんじゃないかな？ それって、試したくならない？

なにってそりゃ、最後まで見つからずにミッションコンプリートできるかな？ って。……ほら君、今ちょっと俺に、俺の考えに、惹かれたろ？ そうなら、キスをしていいよ。

上田は杏を見つめて楽しげに微笑んだ。きらきらした目をしていた。

だが急に彼が遠ざかった。というより杏の身体が、彼から引き剝がされた。振り向けば、後ろに立ったヴィクトールが、杏の肩を強い力で摑んでいる。

上田は警戒するようにヴィクトールを見ると、杏に視線を戻し、噴き出した。

「——なんて作り話、まさか信じた？」

「……はっ？　はああっ⁉」

杏は大声を上げた。夜の静かな時間だったため、自分の声は周囲に大きく響いた。慌てて片手で口を覆う。

（つっ、作り話⁉）

激しく混乱する杏の様子がおかしいのか、上田は意地悪そうに唇を歪めて笑った。

——あんまり真面目（まじめ）な顔をしてるから、からかっただけだ。面倒だな、怒るなよ。うざい……わかったって。本当のことを教えてやる。

翔の話は、だいたい正しい。あちこちから懲りずに金を借りる母親をちょっと懲らしめてやりたいって、翔にぼやかれてさ。そう、泊まりに行った時にね。よく相談される。

あれこれ話し合って、いっそ井口にも協力してもらおうってことになった。あいつも翔の母親に金を貸していたんだ。で、ひと芝居打った。翔の母親と言い争った拍子に井口は怪我をしたフリをする。もしも自分が原因で他人が大怪我をしたら、さすがに少しは反省して素行（そこう）をあらためるんじゃないかってね。……——あのさ、高田杏さん、君の番犬をなんとかして。さっきからすごい睨んでくる。……え、ヴィクトー……いいって、興味のない名前なんか、聞いても覚えられない。俺、すぐ忘れるから。……だから君はなんで急に微笑むんだ。馬鹿なの？

……いや、島野雪路君の名前は覚えてるよ。でもなんでおまえが怒るんだ。……高田杏さん、番犬どもに怖い顔をするなって言ってくれよ。

……そうだよ番犬さん。俺が計画したんだ。でも、フリのはずが、本当に井口が大怪我をしてしまった。俺はその芝居の時は一緒にいなかったから、あとで聞いた話だけど。翔が慌ててあいつを病院に運ぼうとしたら、バスに乗っていたうちの学校の子に見られて、まさかの都市伝説扱いだろ？　――うん、大雨の日だったから、バスの運行が大幅に遅れていた。本来ならとっくにバスのない時刻だったんだ。ま、実際の都市伝説なんてこんなもんだろ。

　でもまさかあんたや真山が本気で幽霊退治に来るとは思わなかったな。ガキかよ――。


上田は言うだけ言うと、大きな欠伸をした。茫然とする杏を無視して、さっさと帰ろうとする。なにか言ってやりたい……聞きたいことがまだあるような気がするのに、ひとつも言葉が出てこない。焦燥感に駆られながらも動けないでいると、杏の肩に手を置いたままのヴィクトールが硬い表情で彼の背に問いをぶつけた。

「君の友達の加納翔に、リビングの観葉植物を鉢ごと譲ってくれと声をかけたら、どんな返事が来ると思う？」

　杏は、戸惑いとともにヴィクトールを見上げた。

　いきなりなんの質問だ。いや、もう上田も上田だし、こんなにわけのわからない夜って、あるだろうか？　パンドラの夜だ。

立ち去ろうとしていた上田が足を止め、少し振り向いた。

「——やめたほうがいいんじゃない？」

上田の冷ややかな返答にも、杏はやはり戸惑った。質問の答えになっていない気がする。

……いや、もしかして、声をかけること自体をやめろという意味だろうか？

上田は、それ以上なにも言わなかった。

立ち去る彼を、ヴィクトールももはや呼び止めようとはしなかった。


上田との対話後、杏たちは、近くのパーキングに駐車しているというヴィクトールの車まで歩いた。途中、公園に寄って杏の自転車を回収する。車に積んでくれるという。

その間に杏は、真山と幽霊退治に赴くまでの経緯(けいい)をヴィクトールと雪路に詳しく説明した。

……説明させられたともいう。

「なんだか、狐(きつね)につままれたような気持ちです。皆の話が少しずつ食い違っているし……」

喫茶店で聞いた真山の話すら、他の人たちの説明と細部が異なっている。

まるで無責任に広がる都市伝説のように、話す人によって内容が変わる。これは誰かが仕組んだ意図的な『食い違い』なのか、それとも。

「それに、どうして加納君のお母さんは、ナイフを持って外に出ていたんでしょう？　最初は護身用かなと思ったんです。なんだか、誰かに渡されて、持て余していたように思えたんですよね」

杏がそう誰にともなく問いかけると、ヴィクトールがわずかに歩調を落とした。

「……布石なんじゃない？」

「布石？」

「もしも彼らの犯行がバレた時のためのだよ」

ヴィクトールは難しい顔をして口を開いた。

——俺たちが駆けつけたとき、加納翔の母親は、腰を抜かしていた真山ナントカには見向きもしないで杏だけに襲いかかってきていただろう？　加納翔の母親の話では、井口は他の女性とも金銭トラブルがあるという。次に、上田朔とやらの話では、加納翔の母親は自分が井口を殺したと思い込んでいる。殺したから、井口は行方不明状態だ。

他の女性は、彼がどこに消えたのかと不審を抱く。その結果、井口にお金を貸している女性が自分をつけ回すようになった——と考えているような口ぶりだった。単に酔っているというだけではなく、ひどく怯えて混乱してもいた。たぶん、杏にその女性を重ねたんじゃないか。君が自分をつけ回していると思ってね。……いや、だって、物陰からこそこそと彼女をうかがっていたんだろ、君。

そんなの、見なくたってわかるよ。反省してくれ。俺の、忠告を、金輪際、無視するな。

……なんだ、俺が不愉快になっているとわかっているんだな。もっと学習をするんだ。——うるさいよ、島野雪路。杏をいじめているわけじゃない。教育だ。

——え、続き？　なんだっけ。……ああ、君が他の女性と間違われていたってとこまで話したか。でも問題はそこじゃないよ。どうして彼女はタイミングよくあの場所にいたのか、だ。正確に言うなら、君と真山が幽霊退治に向かった時になぜタイミングよくナイフを所持してあそこにいたのか、だね。——ところで真山ナントカという人類は、少し話を聞いただけでも軽薄……いや、軽率な行動を取る少年だとわかる。それこそいいタイミングで島野雪路に幽霊退治の連絡をしている。でも彼が連絡をした相手は、島野雪路だけだろうか？

まるで他の誰かもその連絡をもらっていて、加納翔の母親に、たとえば『井口の女がこの時刻、この場所でおまえを待っている』と吹き込んだかのようじゃないか。そこで、『仕返しされるかもしれないぞ、身を守るものを持っていけ』とでも誘導されたら？

だが、事情をなにも知らない他人からすると、『彼女は誰でも簡単に傷つける可能性がある危険人物』のように映る。——井口という人類が殺されているともしも発覚した時、犯人の替え玉役にぴったりだろ。母親本人すら、自分が殺したと思い込んでいる。……杏？　なんだよその目は……。

杏は、立ち止まってヴィクトールを見た。

隣を歩いていた雪路も、あからさまに引いた顔で彼を見ている。ヴィクトールは、舌打ちでもしそうな表情を見せた。

「……という即興の作り話を、杏はすぐ信じるよな。君、騙されやすいよ」

「ヴィクトールさん……‼」と、杏は呻いた。暴れたい衝動が生まれる。

「彼らは不用意に首を突っ込んできた君を追い払うために、適当な嘘をついたんだよ。誰だって家庭のいざこざを他人に知られたくないだろ」

なにか言ってやりたい！

杏はそう思って拳を握ったが、だいたい悪いのは軽はずみな行動を取った自分だ。

ぐっと堪えて、おとなしくヴィクトールの車に乗る。

だが、車が発進されたあと、決して仕返しのつもりではないが、どうしても気になっていたことを杏は口にした。

——ねえヴィクトールさん。それでも彼らの話がすべて嘘だったようには思えないんです。少なくとも、加納君のお母さんと井口さんが口論したのと、家具に血がついたのは事実じゃないかって。あっ、死にたくならないでヴィクトールさん！　あとでたくさん椅子談義をしましょうね……うんうん、付き合いますよ。……な、なに雪路君、違うから。甘やかしてなんかいませんん。違います。──ええと！　話を戻しますよ。

でも、それらが事実だとしても、やっぱりおかしなことがあるんです。ほら、加納君の顔にある痣。本人は部活中にできたって言っていたけれど、あれ？　変だなあ、確か真山君は、お母さんの呼び出しのせいで最近は部活に参加できていないって言ってたな、と……。

う、うん、そうだね、たまには参加する日もある……あるのかな……。

それと、加納君のお母さんと井口さんが言い争ったのはリビングだから、当然、血が流れたのは一階ですよね。いえ、どのくらい血が出たのかは知りませんけれど……。とにかく、井口さんが怪我をしたのは一階ということになります。だったらどうして二階の加納君のベッドの脚に、黒っぽい染みがついていたんでしょう？　……え、なに、二人ともその顔。

うーん、私も最初はレトロ加工かと思ったんですけど……。ラグにも変な汚れがありましたよね？　それで、脚のほうもなにかの汚れなのかなって……えっ？　そんなのなかった？

いえいえ、ありましたよ！　私、しっかり見ましたもの！

すごく変だなって思ったんです。だってベッドの脚の汚れ、まるで誰かがベッド下から這い出る時に手で掴んだみたいな感じでした。──二人とも、はい、塩。……だめです、私はとまりませんよ。恐怖は仲良く分かち合う！　だって想像しちゃったんですよ！　あの汚れって、まさか殺された井口さんの霊がベッドの下とかリビングに潜んでいて、加納君やお母さんを一息をして！
日中監視――いえ、そんなことないですよね！　私の見間違いです。ヴィクトールさんお願い、

路肩に車を寄せて鬱々とし始めたヴィクトールを杏が必死に慰めていると、塩入りの小袋とお守りを握りしめていた雪路がぼそりと彼に尋ねた。

「なあヴィクトール、さっきのさあ。観葉植物を鉢ごと譲ってくれって、どういう意味？」

――ハンドルの上に突っ伏していたヴィクトールが、ゆらりと顔を上げた。血の気がない。

杏と雪路は同時に、首を横に振った。

「いや、いい。やっぱ答えないで。怖い」

「もしも上田朔という人類の話が真実と仮定した場合、死体は解体されているよな。すると」

「ヴィクトールさん！　椅子の話をしたいなあ、私！」

「……そう？　そこまで熱烈に望まれるのなら……」

――杏たちはその後、車の中でみっちり一時間、椅子談義に花を咲かせた。

真実は、夜の中に隠しておいたほうがいい。

あとがき

糸森 環

こんにちは、あるいは初めまして、糸森環（いとものたまき）です。

本書をお手に取ってくださり、ありがとうございます。

この本は椅子職人シリーズの三巻目となります。続刊嬉しいです。

主要登場人物は既刊のままに、一巻ごとに読み切り形式で進んでいます。人類嫌いの椅子職人と霊感持ちの女子高生コンビのオカルト事件簿です。

椅子を絡めつつ様々な恋の形を書いていこうという内容です。

現代ベースで、実在する椅子も登場しますが、物語に合わせてあちこちに創作をまじえておりますのでご注意ください。

今回は少女たちの恋愛模様です。舞台も店から出て、別の場所です。杏（あん）は無自覚に幽霊と交流を持っています。

ところで、ゴスロリの服はかわいいですよね。ゴシック建築も好きです。建物で特に好きな部分は窓枠（まどわく）と柱です。窓枠は建物全体との比率が整っているととても悶（もだ）えます。

謝辞です。

担当者様、いつも本当にお世話になっております。今回のお話も楽しく書かせていただきました。今後ともどうぞよろしくお願いします！

冬臣様。イラスト、毎回とても楽しみにしております！　どのキャラも素敵に描いてくださってありがとうございます。

編集部の皆様、デザイナーさん、校正さん、書店さん。多くの方々のお力添えでこの巻も書き上げることができました。心よりお礼申し上げます。知人や家族にも感謝を。

この本が読者様にわくわくはらはらしていただけましたら嬉しく思います。

現在、小説ウィングス様のほうでシリーズの続篇を書かせていただいておりますので、よろしければそちらもお付き合いくださいませ。

【初出一覧】
終末少女たち、または恋愛心中論：小説Wings '19年秋号（No.105）、'20年冬号（No.106）
赤い靴の秘密：書き下ろし

この本を読んでのご意見、ご感想などをお寄せください。
糸森 環先生・冬臣先生へのはげましのおたよりもお待ちしております。
〒113-0024　東京都文京区西片2-19-18　新書館
[ご意見・ご感想] 小説Wings編集部「椅子職人ヴィクトール＆杏の怪奇録③　終末少女たち、または恋愛心中論」係
[はげましのおたより] 小説Wings編集部気付○○先生

椅子職人ヴィクトール＆杏の怪奇録③
終末少女たち、または恋愛心中論

著者：**糸森 環** ©Tamaki ITOMORI
初版発行：2020年10月25日発行

発行所：株式会社 新書館
[編集] 〒113-0024　東京都文京区西片2-19-18　電話 03-3811-2631
[営業] 〒174-0043　東京都板橋区坂下1-22-14　電話 03-5970-3840
[URL] https://www.shinshokan.co.jp/

印刷・製本：加藤文明社

ISBN978-4-403-54224-4 Printed in Japan